この味覚えてる？

Sachi Umino
海野幸

CHARADE BUNKO

Illustration

高久尚子

CONTENTS

庭に面した大きな窓から、夏の日差しがたっぷりと室内に射し込んでいる。

見慣れた自宅がやけに華やいで見える、と思いながら、陽太《ようた》はリビングに置かれた椅子《いす》に腰かけたまま、ピンクの胸当てつきエプロンを着た上体を大きく前に倒した。

「小椋《おぐら》陽太、二十三歳です。三年前に製菓学校を卒業して、今は洋菓子店『椋《むく》の木《き》の家《いえ》』のパティシエやってます。店は俺の両親が経営していて、親子三人で切り盛りしてます。小さい店ですがケーキから総菜パンまで幅広くやってますので、葵《あおい》商店街にお立ち寄りの際はどうぞ足を運んでやってください。今日はよろしくお願いします」

一息でそこまで言って顔を上げると、テーブルを挟んで向かいに座る四人の少女たちが温かな拍手を送ってくれた。しかも皆、感心したような眼差《まなざ》しを陽太に注いでくれる。

（おぉ、いい反応！　こりゃ気分いいな……！）

うっかりテーブルの下でガッツポーズを決めてしまいそうだ。セーラー服姿の女子高生たちにこうも注目されるなんて希少な体験、この先の人生にはもう訪れないに違いない。

この瞬間を目一杯堪能《たんのう》しよう、と陽太がしみじみ思っていると、背後で扉の開く音がして陽太の母、節子《せつこ》が大きな盆を抱えて部屋に入ってきた。

「どう？　うちの子ちゃんとインタビューに答えられてる？」

陽太と同様淡いピンクのエプロンをつけ、柔らかくウェーブのかかった髪を後ろでひとつに束ねた節子は、陽太たちの座るテーブルに歩み寄ると盆に乗った小さな焼き菓子を手早くテーブルに並べた。

「よかったらこれ、うちで作ったマドレーヌだけど」

細長い貝のような形をした焼き菓子に、女子高生たちは瞳《ひとみ》を輝かせて歓声を上げる。その反応に節子は満足気な笑みを浮かべ、陽太の肩を軽く小突いた。

「そのマドレーヌ焼いたの、この子なの。遠慮なく感想言ってやってちょうだい」

あちゃ、と陽太は口の中で小さく呟《つぶや》く。作った本人が目の前にいると知ったら、むしろ本音は引っ込んでしまうだろうに。思わず睨《にら》みつけようとしたが、すでに節子は小走りにリビングの外に向かってしまっている。

「それじゃあ陽太、母さんお店に戻るから。何かあったら声かけなさいね」

言い置いて足取りも軽く部屋を出ていく節子はもうすぐ五十歳になるのだが、小柄でいつも賑《にぎ》やかに動き回っているおかげか、実際より十は若く見えると商店街でも評判だ。

嵐《あらし》のように現れてまた去っていった母に肩を竦《すく》めて再び女子高生たちと向かい合うと、陽太の真正面に座っていたショートカットの少女が愛らしく小首を傾《かし》げた。

「ケーキだけじゃなくて、こういう小さなお菓子も全部小椋さんが作ってるんですか？」

どうやら相手は店に並ぶ商品すべてに陽太が手を加えていると思い込んでいるらしく、陽太は弱り顔で後ろ頭を掻《か》く。

「いや、ケーキはほとんどうちの親父《おやじ》が作ってるし、総菜パンなんかはさっきのお袋が作ってるから……俺は焼き菓子とかクッキーとか、小さい菓子が担当」

まだまだ下っ端なんだ、と陽太が苦笑すると、少女たちは口を揃《そろ》えて、そんなことないですよ、と言ってくれた。しかも皆、かなり真剣な顔で身まで乗り出してくれている。

実際に陽太がケーキに携われる部分といえば生クリームの用意と最後の飾りつけくらいで下っ端であることに間違いはないのだが、こうして周りから持ち上げられることがことの外陽太は多い。その理由はひとえに、陽太の華やかな容姿にある。

陽太はアーモンド形の大きな瞳《め》に鼻筋の通った整った顔立ちで、髪も瞳も色素の薄い、どことなく日本人離れした美青年だ。

今も陽太の向かいに一列になって座る女子高生たちは皆、陽太と目が合うと意識したようにパッと視線を逸《そ》らす。そして陽太の視線が離れると、少し落ち着かない仕種《しぐさ》で髪を撫《な》でつけたり襟元の乱れを整えたりするのだ。

（身だしなみもいいけど、ちゃんとメモもとってんのかな？）

女子高生たちに菓子を勧めつつ、苦笑半分で陽太は思う。

彼女たちは葵商店街の近所に建つ女子高の生徒で、校内の新聞部に所属しているという。

今月は「身近な美味《おい》しいスイーツのお店特集」だそうで、その取材のために今日はやってきたのだ。その際、インタビューはぜひ陽太にお願いしたいと言われたのだが。

(本当に、美味《うま》い菓子って基準でうちを選んでくれたんならいいけど)

薄茶色の髪をかき上げ、陽太は複雑な笑みを浮かべる。

長じるにつれ、単に可愛《かわい》いだけでなく成人の男らしさも備えていった陽太は、今や商店街でちょっとした有名人だ。時々は陽太目当てで店にやってくる客もいて、嬉《うれ》しい反面少し歯《は》痒《がゆ》くも思う。できることなら自分の容姿より、店に並んだ菓子の方を見て欲しいというのが陽太の本音だ。

そんなことを考えつつも、店で人気の菓子やパティシエになるまでの苦労話など、乞《こ》われるままに陽太が質問に答えていると、ふいにテーブルの端に座っていた少女が口を開いた。

自身の腕時計を見下ろしながら、胸まである長い髪を二本の三つ編みに結った少女が、隣に並ぶ学生たちより格段に落ち着いた声で呟く。何か予定でもあるのかと陽太が目顔で尋ねると、正面に座るショートカットの少女が小さく肩を竦めた。

「ねぇ、そろそろ時間……」

「実はこの後、もう一件取材があるんです。このお店の向かいにある和菓子屋さんに」

「向かいの店って……迫桜堂《はくおうどう》?」

尋ねると四人全員から軽やかな首肯が返ってきて、陽太はうっかり苦々しい表情を浮かべてしまいそうになるのをすんでのところで抑え込んだ。

一方の女子高生たちは事前に節子が淹《い》れてくれた紅茶など飲みながら、インタビューを始めた当初より大分くつろいだ様子で陽太に喋《しゃべ》りかける。

「本当はこちらのお店だけインタビューさせてもらえれば十分かなって思ってたんですけど、綾乃《あやの》がどうしても迫桜堂さんにも行きたいって言うから」

「この子、和菓子が大好きなんですよ」

綾乃と呼ばれた三つ編みの少女を指差してひとりが言う。綾乃は自分の名が挙がっているというのに、さして関心もない様子で紅茶の残りを飲んでいるようだ。そういえば、彼女はインタビューの間も唯一陽太相手に舞い上がった様子を見せなかった。

「……若いのに和菓子好きとは、渋いねぇ」

テーブルに肘《ひじ》をついて陽太が呟くと、カップを手にしたまま綾乃が一直線に陽太を見返してきた。日本人形のような整った顔は、潔癖なくらいに表情が乏しい。

陽太の方がたじろぐほど真《ま》っ直《す》ぐな視線を向けたまま、綾乃はきっぱりと言った。

「洋菓子も嫌いじゃありませんから、大丈夫です」

はぁ、と陽太の口から気の抜けた声が漏れる。一体何が大丈夫なんだかよくわからない。もしかして、洋菓子店に勤める自分に気を使ってそう言ってくれたのだろうか。

あれこれと陽太が考えている間にも、女子高生たちは話の輪を広げていく。

「でも、和菓子屋さんにインタビューなんてちょっと緊張するよね」

「これからインタビューに答えてくれる方も、年輩の職人さんみたいだし……」

「職人さんて、なんて人？」

横からするりと陽太が会話に加わると、女子高生たちは顔を見合わせて小さく笑った。

「喜代治《きよじ》さんて方です。桜庭《さくらば》喜代治さん」

あぁ、と短い声を上げ、陽太は天井を仰ぐ。喜代治という字面から、彼女たちは相手をかなり高齢の人物だと思い込んでいるようだ。

陽太は顔を彼女たちの方に戻すと、片方の眉《まゆ》を上げて言ってやった。

「大丈夫、そいつ俺の同級生だから。まだ二十三歳」

よほど意外だったのか、綾乃以外の三人が小さな悲鳴のような声を上げた。と思ったら、陽太の正面に座るショートカットの少女が一転して興味をかき立てられたような顔で身を乗り出してくる。

「同級生同士で和洋のお菓子に携わってるなんて珍しいですね！　もしかして同じお菓子屋さん同士、仲がよかったりするんですか？　お店を行き来したりとか！」

ネタになるとでも思ったのか、期待に満ちた目で詰め寄られて陽太は一瞬言葉に詰まる。一瞬それらしいことを言った方が喜ばれるだろうかとも考えたが、嘘《うそ》をつくのはどうにも性に合わず、陽太は歯切れ悪く答えた。

「……あんまり、話をする機会はないかな。迫桜堂にも行かないし」

「こんなに近くに迫桜堂があるのに？」

心底不思議そうに口にしたのは綾乃だ。どうやら彼女は本心から迫桜堂を好んでいるらしく、自分なら毎日でも通うのに、とその顔に書いてある。

陽太は短く切った爪《つめ》の先で頰《ほお》を搔く。他《ほか》の少女たちはともかく、和菓子が大好きだという綾乃はごまかせる気がせず、ごく抑えた声で、こう言った。

「……甘すぎてね。和菓子はあんまり、好きじゃないんだ」


女子高生たちが帰った後、陽太はすぐに自宅の裏にある店に回った。

「あら、インタビューはもう終わったの？」

ショーケースの裏で店番をしていた節子が大きな瞳を瞬かせて振り返る。陽太はエプロンをつけ直しながら、あそこ、と店の入口を目顔で示した。

店の扉と壁はガラス張りになっていて、商店街の様子がよく見える。陽太が示した先では、先程の女子高生たちが恐る恐るといった様子で道を挟んだ斜向かいに建つ迫桜堂の暖簾《のれん》をくぐっていくところだ。

「まぁ、迫桜堂さんにもインタビューに行くのね」

「喜代治が対応するんだってよ。名前見て、すげぇ爺《じい》さんだと思ってたらしい」

「あらあら、じゃあ喜代治君の顔なんて見たらもっとびっくりするわね」

節子が心底楽しそうにコロコロと笑い、そうだろうな、と陽太も深く頷《うなず》いた。

そのまま節子と店番を交代して、陽太はショーケースの裏で接客を始めた。平日の夕方、夕食の買い出しに来る主婦や仕事帰りの会社員で、店はそこそこの賑わいだ。

途中、何度となく陽太の視線は斜向かいに建つ迫桜堂へと吸い寄せられた。普段ならばこんなことはないのだが、濃紺に白で『迫桜堂』と染め抜かれた暖簾が時折風に翻るのが、今日はやたらと目についてしまう。

なんとも落ち着かない気分で客をさばいていると、三十分ほど経《た》った頃、迫桜堂の暖簾が揺れて奥から例の女子高生たちが現れた。

正直、もう終わったのかと陽太は思う。彼女たちの滞在時間は、自分がインタビューを受けた時間の半分にも満たない。

ちょうどレジに並ぶ客も途切れ何気なく迫桜堂を見ていると、女子高生たちの後から背の高い男が暖簾をくぐって現れた。

今度こそ、陽太の視線がその場に縫い止められる。現れたのは、件《くだん》の喜代治だ。

喜代治が着ているのは迫桜堂の従業員が店番に立つとき制服代わりに着る藍《あい》色の作務衣《さむえ》のような服だ。それは上背のある喜代治の体に、あつらえたようにしっくりと馴染《なじ》んでいた。

身長百七十はある陽太ですら見上げれば顎《あご》が天を向いてしまうほどの長身に、がっしりとした広い肩。袖《そで》口から覗《のぞ》く腕は太く逞《たくま》しく、これで角刈りの強面《こわもて》だったりしたらまさしく職人然としているのだが、喜代治の場合その面立ちが恐ろしく整っていた。

顎や首のラインは骨太だが、目元や鼻梁《びりょう》はすっきりとして涼やかだ。なんとなく、豆大福を作っているよりは繊細で美しい上生菓子などを作っている方が想像しやすい。髪だって目にかかる程度には長いのであまり厳つい印象は受けず、詰まる話が、大変な美丈夫だ。

喜代治、という名前からよほどの年輩かごつい職人を想像していただろう女子高生たちはさぞや驚いたに違いない。現に喜代治に見送られて店の前に並んだ彼女たちは頬を赤らめ、陽太の前にいたとき以上にスカートの裾や口元などを気にしている。

まだどことなくそわそわとした様子の女子高生たちは、最後に深々と喜代治に向かって頭を下げると、頬を赤く染めたまま迫桜堂に背を向けた。喜代治は店の入口に立って、律儀なことにいつまでも彼女たちの背を見送っている。

七月の最中、外は暑いだろうにご苦労なことだ。ショーケースに肘をついたまま、店の中から見るともなしに陽太が喜代治を見ていると、ふいに喜代治がこちらを向いた。

道を挟んだ向こう、さらにガラス戸を隔てていたにもかかわらず確かに視線が交差したのがわかって、思わず陽太の背筋が伸びる。だが、喜代治は陽太に会釈ひとつするでなく、ふいと視線を逸らすとそのまま暖簾をかき分けて店の奥へ入っていってしまった。

その反応に、陽太はぶすっと眉根を寄せる。

別に会釈をして欲しかったわけではないけれど。むしろ他人行儀に会釈なんてされた方がどうリアクションしていいかわからないけれど、それでも何某《なにがし》かの行動があってもよかったのではないかと思う。

（別に、何かして欲しかったわけでもねぇけどさ）

それでもなんだか釈然としない気分は残ってしまい、陽太は店内の客に見つからないよう、喜代治の入っていった迫桜堂に向かって小さく舌を出したのだった。


木曜日、椋の木の家は定休日だ。

休日に電車を乗り継いで方々の洋菓子店を回るのは、甘味好きな陽太の何よりの楽しみだ。この日は自由《じゆう》が丘《おか》まで足を延ばし、夏みかんのジュレを手土産《てみやげ》に帰ってきた。

夕刻とはいえ外の空気は蒸し暑い。自宅のダイニングキッチンに入った途端身を包む冷えた空気の心地《ここち》よさに、陽太は「うひょー！」と子供のような歓声を上げた。

「お帰り、陽君。汗をかいたままクーラーに近づくと風邪《かぜ》をひくよ」

部屋に入るなり真っ先に冷房機の下へ歩いていこうとしたら、穏やかに低い声が背後から響いてきた。振り返ると、キッチンの奥から父の弘明《ひろあき》がコーヒーカップを手に出てくる。

弘明は陽太と同様髪の色が淡く、癖っ毛で縁の太い眼鏡《めがね》をかけている。少し下膨れ気味の顔に浮かぶのは、いかにも人の好《よ》さそうな笑みだ。

何か冷たいものでも飲む？　と弘明に尋ねられ、陽太は頷きながら紙袋を掲げてみせた。

「ありがと。夏みかんのジュレ買ってきたんだ。親父も食う？」

「いいね。せっかくだから、皆で食べようか」

じゃあ、と陽太は弘明と入れ替わりにキッチンに立つ。コップに冷たい麦茶をつぎジュレを盆に乗せているうちに、弘明に呼ばれて節子もやってきたようだ。

「あら、美味しそうなゼリーじゃない」

「でもちょっと見た目が味気ないねぇ。上にミントの葉でも散らそうか」

「店の喫茶室で出されてたのは、もっとちゃんと盛りつけられてたんだけどな」

賑やかに言葉を交わしながらそれぞれがテーブルに着く。小椋家ではこうして家族揃ってティータイムを楽しむことが多い。陽太だけでなく節子も弘明も、甘いものが根っから好きなのだ。

これは美味しい、こういう飾りつけにしたらいい、と銘々好きなことを言いながらジュレに舌鼓を打ち、一段落ついたところで節子が思い出したように椅子を立った。

「そういえば、届け物があったんだわ。この前うちに来た新聞部の子たち、新聞が出来上がったからアンタに渡して欲しいって」

節子がカウンターキッチンの上に積まれていた夕刊の束の上から茶封筒を取ってきて、陽太は冷たい麦茶を喉《のど》に流しながらそれを受け取る。

「どう？　ちゃんと記事になってる？」

「僕も見たいなぁ。写真とかないの？」

陽太が新聞を広げると、後ろから両親も一緒に覗き込んできた。

Ａ３サイズの紙を半分に折って束にした新聞は、ちょっとしたタウン情報誌のようで予想外に本格的だ。その中の見開き二ページに、身近な美味しいスイーツのお店特集は掲載されていた。陽太と喜代治のインタビューはページの左右に対比させるように載っている。

写真などはないが、店の様子や菓子の感想などはかなり細かく書かれていて、陽太は興味深く新聞を読み進める。だが、しばらく読んだところで視線が止まった。

「あら、陽太ったらこんなこと言ったの？」

ちょうど同じところを見ていたのだろう。節子が指差した部分には陽太のコメントとして、『和菓子は嫌いです』と書かれている。

「やだ、隣は喜代治君の記事なんだから、迫桜堂の皆さんだって読むかもしれないのに」

「いや、俺は苦手って言っただけで、こんなはっきり嫌いとは……」

うろたえつつも記事を読み進め、陽太はぎょっとして目を見開いた。

記事の先には『和菓子は甘すぎる』『甘さのみ追究しすぎてもう未来はない』といった過激な、しかもまったく陽太が口にした記憶のない言葉ばかりが並んでいた。

「ちょっと！　未来がないなんて言いすぎでしょう！」

「い、言ってない！　俺こんなこと言ってないって！」

違う違うと必死で首を振る陽太と記事を交互に見て、弘明がゆっくりと腕を組んだ。

「もしかして、洋菓子職人対和菓子職人って感じの記事にしたかったのかな？　互いがライバル視して、バチバチ火花を散らしてるような」

「え……えぇー……？　だからって人が言ってもいないようなこと記事にするかぁ……？」

「だってほら、喜代治君の方の記事も、彼が言いそうもない台詞《せりふ》が並んでるよ」

弘明が隣のページを指差して、陽太はそちらにも目を通す。

途端に陽太は目を見開いて、ぐしゃりと新聞を握り締めた。陽太と同等か、あるいはそれ以上に喜代治のページに並んだ言葉が過激だったからだ。

まず目に飛び込んできたのは『近頃洋菓子がもてはやされているのは、一過性のブームに過ぎない』というもの。さらに『洋菓子はべたべたとして脂っこく、嫌いだ』『日本人の口には合わないと思う』という部分まで読んで、陽太は新聞をテーブルに叩《たた》きつけた。

「洋菓子の歴史舐めんなよ！　一過性のブームにしちゃあ息が長すぎるだろうが！」

「だから、陽君、これも彼女たちが多少脚色したんじゃ……」

「そんなのわかんないだろ！　本当にあいつがこんなこと言ったんだとしたら……！」

言ったとしたら、と、想像しただけでぶつりと陽太の中で何かが切れた。

「……許さねぇ」

不穏に低く呟くなり、陽太は背後で両親が止めるのも聞かず家を飛び出した。

道を挟んだ斜め向かいに建つ迫桜堂は歩いて二分もかからない。椋の木の家と違い迫桜堂の定休日は水曜日だから、今日は通常通り営業中だ。陽太は躊躇《ちゆうちよ》なく迫桜堂の暖簾をくぐると、乱暴に引き戸を引いて店の中に飛び込んだ。

迫桜堂の店内は、正面に大福や団子の並ぶショーケースがあり、両脇《りようわき》の壁際に煎餅《せんべい》や金平糖などの干菓子が並んでいる。基本は椋の木の家とほとんど同じレイアウトだが、椋の木の家が壁の大部分をガラス張りにしているのに対し、こちらは昔ながらの石の壁に障子窓があるだけで、どことなく仄暗《ほのぐら》く、雰囲気も落ち着いている。

店内に客の姿はない。さらにショーケースの裏に立って店番をしていたのは喜代治ひとりだ。これ幸いとばかり、陽太は大股《おおまた》で喜代治に歩み寄った。

藍色の作務衣を着た喜代治は、近づいてくる陽太を見てもほとんど表情を変えない。喜代治だってもう例の新聞は見ているだろうにまったく取り乱していないのがまた気に食わず、陽太はショーケース越しに喜代治と向かい合うと、前置きもなく声を張り上げた。

「お前な！　なんだよあの記事！　洋菓子つかまえて脂っぽいとは何事だ！　大体がバターと生クリーム使ってんだから当然だろうが！　洋菓子なんだと思ってんだ！」

石の壁に苛立《いらだ》ちも露《あら》わな陽太の声が跳ね返る。だが喜代治は怯《ひる》む様子もなく、男らしく太い眉の間にざっくりと鑿《のみ》で削ったような皺《しわ》を刻んで腕を組んだ。

「……そういうお前も和菓子が甘すぎるってのは何事だ。お前の菓子はしょっぱいのか」

即座に言い返そうと口を開き、でも結局陽太は何も言えない。記事に並んでいた台詞の大半は身に覚えのないものだったが、甘すぎる、という言葉だけは確かに自分のものだ。返す言葉に迷った挙げ句、陽太は沈黙をごまかすように不必要なほど大きな声を上げた。

「そんなもん…っ…程度の問題に決まってんだろうが！」

「こっちだって程度の問題だ」

「うちは過剰に脂分使ってねぇよ！　それとも何か、お前はぱっさぱさの生クリームに舌触りの悪いチョコムースがお好みか！」

「だったらお前は、塩で煮込んだ餡《あん》がお好みか？」

「それは単なる塩ゆで小豆《あずき》だろうが！」

何やら話が妙な方向にずれてきたところで、騒ぎを聞きつけて店の奥から二人の男性が現れた。ひとりは白い調理服を着た四十がらみの男性で、この店に古くから勤める菓子職人の阿部《あべ》。そしてもうひとりは濃紺の着物を着た老人で、喜代治の祖父、福治《ふくじ》だ。

「どうしたんです、急に大きな声がしたと思ったら……」

いかにも実直な職人といった、四角い顔に真っ直ぐな眉を乗せた阿部がしかつめらしい顔で陽太と喜代治を交互に見る。その隣で、福治がさも面白そうに笑った。

「あれか、お前ら例の新聞読んだんだろう。二人ともえげつねぇこと言いやがって」

福治は顔だけでなく体つきも丸々として、穏やかな表情と相まってなんとなく恵比寿《えびす》様を髣髴《ほうふつ》とさせる人物だ。加えて言うなら昔からよく陽太の相手もしてくれて、陽太にとっては第二の祖父にも等しい存在である。そんな福治にだけは身に覚えのない記事を本心だと思われたくなくて、陽太は必死でショーケースの向こうに立つ福治に訴えた。

「違うって！　俺はあんなこと言ってないし、思ってない！」

「俺だって言ってない」

「あぁ⁉　だったらなんであんな記事になってんだよ！」

「俺が知るか。お前だって覚えのない発言が載ってたんじゃないのか」

「俺はともかくお前はどうかわかんないだろ！」

一時は中断した口論が、油に火を投げ入れるように一瞬で再燃する。

阿部は二人を止めるでなく憮然《ぶぜん》とした顔でやり取りを見ているし、福治はすっかり見物気分で笑いながら袂《たもと》の下で腕を組んでしまうし、このままでは本格的な摑《つか》み合いの喧嘩《けんか》になるのではないかと思われた矢先、店の戸がガラリと開いて、節子と弘明が飛び込んできた。

「すみません！　うちの愚息がこちらでご迷惑をおかけしているんじゃないかと……！」

「申し訳ありません、すぐに連れて帰りますので」

慌てて陽太の首根っこを摑んだ節子がその体を引きずって、穏やかに頭を下げた弘明がさらに陽太の腕を摑んで店の外へと引きずり出す。陽太はまだ言い足りずに口を開こうとしたが、先に節子の掌《てのひら》で口を塞《ふさ》がれてしまった。

本当にすみません、と入口でもう一度深く頭を下げた弘明に、福治の鷹揚《おうよう》な声がかかる。

「いいさ、たまには若いもんが大騒ぎするのを見るのも悪くない。陽君も、時々は昔みたいにうちに遊びにくるといい」

そう言って、やっぱり恵比寿様のように笑って福治が手を振る。その隣では、喜代治がどこか呆《あき》れたような顔でこちらを見ていた。

何やらひとり大人ぶった顔をする喜代治を見てまたしても頭に血を上らせかけた陽太だが、目の前で迫桜堂の扉はゆっくりと閉まり、代わりに節子に後ろ頭をぽかりと叩かれた。

「陽太、アンタいい年してどうしてそんなに気が短いの！」

そうだよ、と弘明にも頷かれ、陽太は渋々押し黙る。

商店街を横切って自宅に戻る途中、節子が溜息《ためいき》混じりに呟いた。

「まったく、どうしてこんなに喜代治君と仲が悪くなっちゃったのかしらねぇ」

「本当にね。昔は暇さえあれば一緒にいるほど仲がよかったのに」

また陽太が迫桜堂に駆け戻ってしまうとでも思っているのか、両親に両脇から腕を押さえられたまま陽太は口をへの字に曲げた。

「……そんなにあいつと仲よかったことなんて、ねぇし」

「嘘おっしゃい。相手のご迷惑になるからってさんざん止めたのに、隙《すき》を見ては迫桜堂さんに入り浸ってたくせに」

「和菓子も、あんなに好きだったのにね」

両親の言葉に、一瞬ちらりと陽太の脳裏に過去の情景が蘇《よみがえ》った。けれど陽太はすぐにそれをかき消して大きく首を振る。

「昔のことなんてもう、よく覚えてない」

頑《かたく》なな陽太の言葉に、節子と弘明は顔を見合わせてまた溜息をついた。


陽太と喜代治は、幼馴染みのご近所さんだ。

喜代治の実家である迫桜堂は、祖父の福治が創設してもう五十年が経とうという商店街でも老舗《しにせ》の和菓子店で、対する椋の木の家は陽太が小学校に上がってから両親が開いた、まだ歴史の浅い洋菓子店だ。

陽太は店の開店と共にこの商店街に引っ越してきたのだが、学校では喜代治とクラスが違ったこともあり、さほど親しく口を利くわけでもない顔馴染みという程度の関係だった。

その関係が顔馴染みから親友にまで深まったのは、小学三年生のときのことだ。

冬の寒い日、喜代治の父親が亡くなった。

得意先の茶道の先生に、菓子を届けに行った帰りのことだ。喜代治の父親が運転する車の横っ腹に、居眠り運転をしたトラックが突っ込んだ。即死だった。

喜代治の母親は喜代治を産んですぐに他界していたらしく、ただでさえ男所帯で静かだった桜庭家は、福治と喜代治の二人だけになりますますひっそりと静まり返った。

幼くして両親を亡くした喜代治を見て心を痛めたのは、同じ年頃の息子《むすこ》を持つ陽太の両親だった。それ以降陽太の両親は何かと喜代治を自宅に招くようになり、迫桜堂が忙しいときは食事を共にしたり、福治がどうしても家を空けなければいけないときは家に泊めたりしているうちに、陽太と喜代治はすっかり長い時間を共有する親友になっていた。

喜代治は学校では無口で、その精悍《せいかん》な容姿と相まって他の生徒から少し近寄り難く思われていたようだが、陽太の前では実に饒舌《じょうぜつ》だった。将来は迫桜堂を継いで、あんな和菓子を作りたい、こんな和菓子も作ってみたいと目を細めて語ってくれたものだ。

陽太も製菓学校を卒業したら実家の店に立つつもりだったから、菓子職人を目指す者同士、あれやこれやと他愛もない、けれど胸の躍るような会話を幾度となく繰り返した。

それが高校時代の終わりに、何かのきっかけで喧嘩をした。

今となっては発端も思い出せない、些細《ささい》な喧嘩だったはずだ。しかしそれは見る間に加熱して、最終的に和菓子と洋菓子どちらが優れているかという話題にまで発展していた。

互いに家業を背負っての口喧嘩で、引くに引けなくなっていたのだろう。結局和解できないまま卒業式を迎え、陽太は製菓学校へ、喜代治は迫桜堂の店先に立つことになって、顔を合わせる機会も激減した。

そのまま、五年だ。

陽太が製菓学校を卒業して椋の木の家に立つようになってからも、ほとんど接点を持たず今日に至ってしまった。迫桜堂の暖簾をくぐったのも、どれくらいぶりか定かでない。

思い返せば節子の言う通り、諍《いさか》いを起こす前の陽太は暇さえあれば迫桜堂に入り浸っていたように思う。店先に漂う落ち着いた空気の冷たさや、裏にある喜代治の実家の、昔ながらの日本家屋も居心地がよくて好きだった。

そして何より、陽太は迫桜堂に並ぶ和菓子が好きだった。

塩気のきいた豆大福に、口の中でほろほろと崩れる練りきり。豆の歯応《はごた》えがしっかり残った鹿の子に、滑らかな舌触りの水羊羹《みずようかん》。それらを目当てに、小遣いを握り締めて迫桜堂の暖簾をくぐることだってたびたびあった。

けれど喜代治と仲違《なかたが》いをした後は迫桜堂を訪れることもなくなり、しばらくは他の店でまんじゅうなど買っていたのだが、いつしか和菓子そのものを食べなくなっていた。

そうして気がついたときにはもう、陽太は和菓子が好きではなくなっていたのだった。


真昼の商店街に子供たちの姿が増える。小学校が夏休みに入ったのだ。

商店街を歩く陽太は真上から降り注ぐ強い日差しに目を細めながら、時折すれ違う子供たちを振り返って口元に笑みを浮かべる。

これから始まる長い休みの間に一体何をしようと、期待と興奮に胸を膨らませる子供たちの顔を見ていると、自分まで当時の心境を思い出してわくわくしてくる。

(俺も今年の夏は、何作ろうかな)

季節が新しくなるたび、陽太は新作菓子の構想を練る。大抵はあれこれと新しい試みを盛り込みすぎ、『ちょっと斬新すぎるねぇ』と弘明に苦笑いされ店には並べてもらえないのだが、新しいレシピを考えるのは楽しいし、それを作る途中で試行錯誤するのも好きだった。

先日食べた夏みかんのジュレはなかなか美味かった。今年はああいうゼリー系で攻めてみようかとつらつら考えているうちに、陽太は目的の場所へと辿《たど》り着く。

額ににじむ汗を拭《ぬぐ》いながら陽太がやってきたのは、商店街の中程にある金物店だ。

陽太をここへ呼び出したのは、金物店の主人でこの葵商店街の商店会長でもある人物なのだが、実はどういう用件で自分がここに呼ばれたのか陽太はよくわかっていない。ただ両親から、商店会長に呼ばれているから自宅に行きなさい、と言われただけだ。

一応は両親を問い質《ただ》してみたものの二人は曖昧《あいまい》に笑うばかりで、気にはなったがすでに時間も押していたため、とりあえずこうして会長の自宅まで出向いたわけである。

商店街に並ぶ店の大半は裏が自宅になっているので、陽太は迷わず店の裏手に回る。チャイムを押すとすぐ会長の奥方が出迎えてくれ、そのまま客間と思われる和室に案内された。

先に立つ奥方に促され会釈と共に室内へ入ろうとした陽太は、直前でピタリと足を止めた。

室内に、思いもかけず喜代治の姿を見つけたからだ。

「なっ……！」

卓袱台《ちゃぶだい》の前できっちり正座をしてこちらを振り向いた喜代治を見て、あと一息で「何してんだお前！」と大声を出しそうになった。それを寸前で抑えられたのは、床の間を背にして喜代治と向き合うように座っていた会長が先に声を上げたからだ。

「おお、陽太君。暑いところ呼び出してすまないね。さ、座って座って」

年は六十も過ぎているだろうが、まだまだ豊かに残った灰色の髪を綺麗《きれい》に整え、粋に口ひげなど生やした会長が機嫌よく笑って喜代治の隣の座布団を指し示す。

迫桜堂での一悶着《ひともんちゃく》があったばかりということもあり正直喜代治の隣に座るのは躊躇したが、まさか断るわけにもいかず陽太は言われるまま喜代治の傍らに腰を下ろした。

飴色《あめいろ》のどっしりとした卓袱台を挟んだ向こうで、会長は陽太と喜代治を交互に見て満足そうに頷いた。そして、では、と咳払《せきばら》いをして、どこか芝居かかった口調で言った。

「これから君たちに、この葵商店街の目玉となる新商品の開発を依頼する！」

「…………へっ⁉」

予想もしていなかった言葉に、陽太は素《す》っ頓狂《とんきょう》な声を上げる。

思わず隣の喜代治の顔を振り仰ぐが、こちらは驚いた様子もなく平然としたものだ。

「あれ、陽太君この話聞いてないの？　ご両親にはちゃんと話しといたんだけどな」

どうやら話の展開についていけないのは、陽太ひとりのようである。

わけもわからず目を瞬かせる陽太に、会長は改めて事のあらましを説明してくれた。

青果店、精肉店はもちろんのこと、書店から喫茶店、婦人服販売店まで幅広く軒を連ねる葵商店街は、昔こそ町の中心としてたくさんの利用客が訪れたが、最近は近所に大型スーパーやコンビニエンスストアができて客足が遠退《とおの》きつつあるという。

そこで、客を取り戻すべく商店街の役員たちが考えたのが、新商品の開発だ。

てっとり早く集客を望めそうなのはやはり飲食物であろうということは早々に決まったそうで、では何を作ろうかと皆が額を寄せ合って相談を繰り返した結果、ここは菓子類がいいのではないかという声が上がったらしい。

惣菜では買いにくる客層が限られる。飲み物ではさほど話題にもならないだろう。その点菓子ならば老若男女を問わず好まれる。自分が食べるだけでなく贈答品としても使えるかもしれない。もしかすると近くの女子高から高校生もやってくるかもしれない。高校生の購買力は存外侮れない。ブームに火がつけば商店街全体が活性化するのではないか。

そういう流れで、新商品は菓子に決まったそうだ。

会長が滔々《とうとう》とそこまで語ったところで、陽太はうろたえ気味の声を上げた。

「あの、それで、どうして俺たちが呼ばれたんですか？　うちの両親や、福爺じゃなくて」

「それはもちろん、新しい菓子は君たち、陽太君と喜代治君に作ってもらうからだよ」

陽太は大きな目を一層大きく見開いて会長を凝視する。商店街の活性化を狙《ねら》う大きな企画を、どうして自分と喜代治のようなまだ経験も浅い者に任せようというのかまったく理解できなかった。そんな陽太の疑問を読んだかのように、会長は腕組みをして何度か頷く。

「まぁ確かに、ちょっと冒険することに違いはないけれど、毎日毎日同じことばかり繰り返していたら確実にこの商店街は廃れてしまうからね。少しくらいのリスクを負ってでも、お客さんたちを取り戻すきっかけが欲しいんだよ」

「で、でも、新商品って言われても俺、どんなのがいいか全然……」

「そこは二人で相談してやってくれれば、いいアイデアも浮かぶんじゃないかな?」

二人? と鸚鵡《おうむ》返しにした陽太に、会長は飛び切りの笑顔で言い放った。

「そう、二人で新しい菓子を作るんだよ。目新しさを考えて、和洋折衷の菓子を作って欲しいんだ。若い二人が作れば、斬新で話題を集めるものができるかもしれないからね!」

――喜代治と二人で、菓子を作る。

その情景を想像して、陽太は頭を抱えてしまいたくなった。ただでさえ顔を合わせれば諍いが絶えないのに、どうして二人で相談しながら新しい菓子など作れるだろう。

ここで初めて、なぜ会長に呼ばれた理由を両親が言いたがらなかったのか陽太は理解した。最初から喜代治と共同作業するとわかっていれば、会長の家に行くまでもなく陽太がその中し出を断ってしまうだろうことを正しく予想していたからだ。

こんなことならあのときもっと強固に尋ねておくんだった、と歯嚙《はが》みしたところでもう遅い。奥歯を嚙み締めて陽太が黙り込んでいると、バン！　と卓袱台を叩く大きな音がした。

ぎょっとして陽太が顔を上げると、会長が陽太たちに向かって深々と頭を下げている。

「頼む！　あとはもう若い君たちだけが頼りなんだ！　我々もできる限りサポートするから、なんとかやってみてくれないか！」

自分の親より年上の会長に頭を下げられ、陽太は直前まで口に出そうとしていた断り文句を丸めて喉に押し込まれた気分になった。しかも、隣の喜代治は最初からそのつもりでここに来ていたのか、涼しい顔で「若輩者ですが頑張ります」などと答えている。

「お、おい、喜代治！　お前な……！」

一緒に作業なんてできるのかよ、と問い質そうとした陽太を、ゆっくりと喜代治が振り返る。肩先が触れ合うくらいの至近距離で目が合って、陽太は自分が口にしようとしていた言葉を一瞬で忘れた。

意思の強い、黒い目。久方ぶりに正面から見る喜代治の目に、視線を逸らせなくなった。

「……お前もやるな？」

目の前には平身低頭頭を下げ続ける商店会長。そして隣に有無を言わせぬ様子の喜代治。

どうやら陽太には最初から、選択肢など用意されていないようだった。

商店会長の家を出た後、陽太と喜代治は商店街の端にひっそりと佇《たたず》む喫茶店に入った。

煙草《たばこ》の煙に長年燻《いぶ》されすっかり色の変わってしまった壁に、カウンターの向こうで皿を磨くマスター。店内に低いボリュームで流れるのはクラシック音楽で、古きよき喫茶店の風情を残した店の窓際の席で、二人はテーブルを挟んで向き合っている。

「どうすんだよ。新しい商品開発なんてあっさり引き受けちまって」

目の前のコーヒーから立ち上る湯気を鼻息で吹き飛ばし、不機嫌極まりない表情で陽太が尋ねると、向かいで喜代治がゆっくりとカップを持ち上げた。

「どうもこうも、作るしかないだろう。和洋折衷の新しい菓子とやらを」

「作るって、そう簡単にできるもんじゃないだろ。しかも試作期間たったの一ヶ月だぞ？」

陽太はコーヒーに手をつける気にもなれず、腕を組んで深々と項垂《うなだ》れた。

会長の話では、新製品は九月発売予定だという。今は七月の終わりだから、商店会長を含めた商店街の役員たちに試食をしてもらうことも考えると、実質一ヶ月も試作にかける時間はない。いくら相手が金物店の主人で菓子作りにからきし縁のない門外漢だからといって、あまりにひどいスケジュールだ。これまでに何度となく新作開発に失敗してきた陽太にとって、たった一ヶ月で商店街を背負って立つような新作を作れなんて無謀というより他にない。

そのまま陽太が項垂れていると、正面でカチャリとカップをソーサーに置く音がした。

「悩んでる暇があったら、ひとつでも案を出した方がいいんじゃないか？」

顔を上げると、喜代治が迷いのない目でこちらを見ていた。陽太は口を尖《とが》らせ、わかってるよ、と不貞腐《ふてくさ》れた口調で言ってコーヒーカップに手を伸ばした。

(それにしても……よりにもよって、喜代治と一緒か……)

カップの縁から瞳だけ出して、陽太は喜代治の様子を窺《うかが》う。

共同作業どころか、喜代治と向かい合って過ごすことからして久々なのに上手くいくのだろうか。もういっそ、こんなふうに共に飲み食いすること自体が高校の昼休み以来かもしれない。あの頃は弁当を広げながら休み時間中ずっと他愛ない会話をしていたものだけれど。

(……あの頃は、どんな話してたんだっけな……)

目の前で喜代治は何か考え込んでいるのか、テーブルの一点を見詰めて動かない。目を伏せた顔は相変わらず端整だが、こうして久方ぶりに間近で見て、ちょっと顔が変わったな、と陽太は思う。

高校時代の喜代治はまだ少し幼さの残る面立ちをしていたが、あれから五年の月日が過ぎ、首筋や顎のラインはすっかり大人の男のものになっている。それどころか、襟ぐりの深い黒のシャツから見え隠れする鎖骨など、最早《もはや》男の色気すら漂っているようだ。

(……喜代治のくせに)

おっさんみたいな名前のくせに、この色男っぷりは卑怯《ひきょう》だ。

そんな八つ当たり気味のことを考えているとふいに喜代治が目を上げて、突然絡まった視線に驚いた陽太は口に含んでいたコーヒーを吹き出してしまいそうになった。

「……大丈夫か?」

「う…っ…うるさい……っ! 大丈夫だよ!」

「だったら、どうする。とりあえず和菓子ベースでいくか洋菓子ベースでいくかだけでも決めておいた方がいいと思うんだが」

気管に入りかけたコーヒーを必死でやり過ごしながら、陽太は迷わず、洋菓子、と言った。

「絶対洋菓子。若い世代に売り込むんだったらなおさら、洋菓子」

言い切って挑むように喜代治を見上げると、喜代治もふつりと口を噤《つぐ》んだ。

さすがに、喜代治が大人しく納得するとは陽太も思ってはいない。陽太と同様、喜代治だって自分の得意とする和菓子をベースにしたがるだろうと思うのは当然だ。

ところが、喜代治は陽太から視線を逸らして耳の後ろを掻くと、わかった、とだけ言って小さく頷いてしまった。

「じゃあ、洋菓子ベースでいこう。問題はどう和菓子のテイストを織り込むかだな」

存外あっさりと引き下がった喜代治に、一瞬陽太は肩透かしを食らった気分になる。そんな陽太を置いてけぼりに、喜代治は指折り和菓子の素材を挙げ始めた。

「まぁ、妥当なとこならあんことか黒蜜《くろみつ》、あとはきなこか。変わったところじゃ酒粕《さけかす》とか、みたらしに使う砂糖醤油のたれとか……」

「ち、ちょっと待った！」

まだ体勢も立て直せないうちにずらずらと言い募られ、思わず陽太は強い口調で喜代治の言葉を遮った。

初っ端からこの調子では、全部喜代治のペースでことが進んでしまいそうだととっさに思った。そうなると負けん気の強い陽太は俄然《がぜん》黙っていられない。取られかけた主導権を取り返そうと、深く考えもせず勢いだけで口走っていた。

「新商品のアイデアなら、俺に任せろ！」

身を乗り出してそんなことを言う陽太に、喜代治は眉を互い違いにする。

「任せろったってお前……」

「いいから、お前はさっき言ってたあんこと黒蜜ときなこと……とにかくその辺の使えそうな材料だけ用意しといてくれればいい！」

「お前な……ひとりでどうにかなるとでも――……」

「なる！　一週間もあれば、即決で新商品にできるような試作品を作ってきてやる！」

なんの根拠も自信もなかったが、喜代治に対抗したい一心で陽太は言い切った。最早その場の勢いだ。

喜代治はしばらく難しい顔で黙り込んでいたが、陽太が一歩も引かない表情を崩さずにいると、諦《あきら》めたのか溜息混じりに頷いた。

「……だったら、やってみろ。サポートはするから」

「お前のサポートなんか……」

「それぐらいやらせろ。共同開発じゃなくなるだろ。……それから、あんまり敵意を剝《む》き出しにするな」

最後にぽつりとつけ足された言葉に、陽太はぐっと押し黙る。別に喜代治に敵意を抱いているつもりはなかったのだけれど、自分の態度はそんなにも攻撃的だったろうか。

(……敵意ってわけじゃなくて、ただ、なんとなく……)

そう伝えようとしてみても、思いは上手く言葉にならない。

どうしてか、喜代治の前に立つと高校生に戻ったような気分になった。感情の沸点が低くなって、気持ちばかりが空回って、その苛立ちを喜代治にそのままぶつけてしまう。

まだ卒業間際に喧嘩をしたときのまま自分の中の時間が止まってしまっているような、そんな気すらするのだ。

(喧嘩の理由も思い出せないくせに、なんであのときのもやもやした気持ちだけはまだ消えないんだろう……)

陽太は黙ってコーヒーを啜《すす》る。向かいでは喜代治が窓の外を見ていて、学生時代とはすっかり骨格の変わってしまったその横顔から、陽太はそっと目を逸らした。

新商品のアイデアなら俺に任せろ！　と陽太が豪語してから早一週間。

一週間が経つのは早かった。本当に早かった。もしかしてカレンダーを見間違えているのではないかと陽太が疑ってしまうくらい、あっという間に過ぎ去った。

しかし間違いでもなければ冗談でもなく一週間は経過して、店の定休日である木曜日、陽太は朝からずっと厨房《ちゅうぼう》にこもっていた。

タイル張りの壁にさまざまな調理器具がかけられ、大きなオーブンや冷蔵庫の並んだ厨房は清潔に磨き上げられている。その中で黙々と菓子を作り続ける陽太の横顔は、作業に没頭しているというより、焦燥に駆られていると言った方が近そうだ。

険しい顔でオーブンの中を覗き込んでいた陽太が窯《かま》を開ける。朝からもう何度となく繰り返してきた作業だ。これが今日最後の仕事になればいいと願いながら吹き出す熱気に目を眇《すが》めると、突然厨房に低い声が響いた。

「それで完成か？」

予告もなく耳を打ったその声に驚いて、陽太は窯の取っ手を握ったまま背後を振り返る。

自宅に続く厨房の入口には、本来ここにいるはずのない喜代治の姿があった。

「お、おまっ……どうやってこんなところに…っ…！」

「おばさんが通してくれたんだよ。お前なら厨房にいるからって。……それより」

喜代治は厨房に下りながら、軽く首を傾けた。

「今日で一週間目だが、新商品の試作はできたのか？」

問われた途端、陽太の視線が泳いだ。その反応こそが喜代治の問いに対する答えのようなものだったが、陽太は強気に喜代治と向き合うと当然とばかり大きく頷いた。

「お……おぉ！　今焼き上がったところだ！　食ってけ！」

言うが早いか陽太は再び窯に体を向け、中から焼きたての菓子を取り出すと手早く飾りつけをして皿に盛った。

陽太が調理台の上に皿を置く。そこに乗っていたのは、ごく小さなデニッシュだ。デニッシュの上には、キウイやブルーベリー、梨などが美しく盛りつけられている。

ふぅん、と短い声を漏らし、喜代治は皿を取って目の高さまで持ち上げた。

「なかなか見た目は綺麗だな」

「……だ、だろ？　女性には結構うけるんじゃないか？」

「で、俺が渡しておいた餡や黒蜜はどこにいった？」

「それは……デニッシュの中に……」

いつになく、陽太の声には覇気がない。喜代治はどことなく俯《うつむ》きがちな陽太を一瞥《いちべつ》して、皿からデニッシュをつまみ上げた。

後はもう、陽太が止める暇もなかった。喜代治は大きく口を開け、ザクリと小気味のいい音を立ててデニッシュを半分ほど一気に頬張ってしまう。

無言のまま、咀嚼《そしやく》をすること一回、二回。

三回目で、喜代治の眉間《みけん》に深い皺が刻まれた。

「——……お前、これ……」

「い……言うな！　わかってる！　皆まで言うな！」

陽太は大股で喜代治に歩み寄るとその手から乱暴に皿を奪い取った。そして、半ば八つ当たり気味に喚《わめ》き散らす。

「わかってるよ、知ってるよ！　でも味を修正しようとすればするほどどんどん妙な方向にずれてっちまうんだからしょうがないだろ！」

「いや、もう、本当にどうやったらこれだけ複雑な味になるんだ……」

「だから！　試行錯誤の結果だ！」

陽太は本気でこの場から逃げ出したくなる。

喜代治に言われるまでもなくわかっている。今出来上がったばかりのデニッシュは、恐らくとんでもなく、不味《まず》い。

この一週間の経過を遡《さかのぼ》ると、こうだ。

まず陽太はデニッシュの中に小倉餡を入れることを思いついた。しかしそれ自体はさほど目新しいものではない。そこで餡と一緒に果物のジャムも入れてみることにした。だが、そうするとどうにも味にまとまりがない。

間に生クリームを挟んでみたらどうか。上にフルーツを乗せてみたらどうか。生地にバターを増やしてみたらどうか。生地自体に甘みを持たせてみてはどうか。

ああだこうだと手を入れるほどに、どんどん味は自分が思い描いていたものから遠ざかる。しかし、喜代治の前で盛大に見栄を切った手前、完成させないわけにはいかない。

思いもかけないところに解決策があるのでは、と、店でも滅多に使わない特殊なハーブやリキュールなども使ってみたのだが、それは事態を改善に導くどころか、目の前の菓子を珍味としか言いようのない代物に変えただけだった。

こうして失敗に次ぐ失敗の産物を喜代治に食べられてしまった後ではもう、言い訳ひとつ出てこない。食べかけのデニッシュの乗った皿を手に陽太が切れ切れの溜息をつくと、いきなり前方から大きな手が伸びてきて、皿に残ったデニッシュをひょいとつまみ上げた。

あっ、と声を上げる間もなく、喜代治がデニッシュを口に放り込む。

美味い不味いを通り越してどういう味だかよくわからなくなっている菓子を、果敢にももう一度口に運ぶ喜代治に陽太は瞠目《どうもく》する。

「お前……よく食い切ったな」

「残すわけないだろうが。人の作った菓子を」

眉根を寄せながらも喜代治が喉を上下させる。その姿に、陽太の記憶の蓋《ふた》が動いた。

陽太は子供の頃から菓子を作るのが好きだった。というより、作った菓子を食べる方が真の目的だったのかもしれない。本当に、昔から菓子が大好きだったから。

長じるにつれその腕前を上げた陽太は、段々とレシピに自分なりのアレンジを利かせるようになり、往々にして今回のような失敗作を作っては周囲の人間に感想を求め、本気で逃げ回られることもしばしばあった。そんな中、唯一陽太から逃げなかったのが喜代治だ。

喜代治はどんなに不出来な菓子も決して残さなかったし、食べ切った後に必ず、酸味が強すぎるとか苦みが出てしまっているとか、上手くいかなかった部分を分析してくれた。

そういう性格は、どうやら今も変わっていないらしい。しばらく口の中の余韻を追うように黙り込んでから、喜代治は軽く目を伏せた。

「ちょっと洋酒とハーブがききすぎてるんじゃないのか？　特にハーブ。何を入れたんだか知らないが、とんでもなく口当たり悪いぞ」

「あぁ……それ多分、ルバーブ。塊のまんま入れてるから」

「香りはいいが、少し酸っぱいな。香りづけに使いたいんなら果物と一緒に煮込んでジャムみたいにしたらどうだ」

うん、と思わず素直に頷いてしまった。学生の頃から変わらず、あるいは当時以上に、喜代治の味覚は鋭敏だ。

じゃあ早速、と陽太がハーブの保管されている棚に向かおうとすると、その襟首を喜代治が後ろから摑んで引き寄せた。

「待て。修正より先に、根本的な解決を目指してくれ」

「え……え？」

「これは和洋折衷菓子じゃない。洋菓子のテイストが強すぎる。デニッシュの中にあんこが入ってるだけで、完全に餡の味が死んでるだろうが」

正論すぎる正論に、陽太は返す言葉もなく立ち尽くす。喜代治の言う通りこの菓子は、和菓子と洋菓子のいいところをとっているというより、洋菓子の中に無理やり和菓子を押し込んだようでまったく調和がとれていない。

大体な、と溜息を押し殺して喜代治が陽太の襟首から手を離す。

「うちの餡はそれほど甘味が強くないんだ。こんなに洋酒だのハーブだの入れたら存在感の欠片《かけら》もなくなっちまうことくらい、作る前に想像つかなかったのか？」

「え、そうだっけ？」

陽太の口から、ポロリと不用意な一言が漏れる。

次の瞬間、喜代治の眉間に一際深い皺が寄った。

「……お前、まさかうちの餡を食ってないのか？」

　喜代治の声が低くなる。ゴロゴロと鳴る雷のようなその低さに、陽太の背筋に冷たい汗が伝った。

「い、いや、食ったよ、当然食ったって。これまで山ほど試作品作ったんだから当然……」

「試作じゃなくて、餡単品では食ったのか？」

　この一週間、喜代治は何度となくタッパーに入れた餡を陽太の元に届けていた。陽太はそれを使って延々と菓子作りと味見を繰り返してきたが、実のところ餡だけを口に運んだことはない。やはりどうにも、和菓子の代名詞ともいえる餡の甘さに抵抗があった。

　しかし餡を作った本人であろう喜代治にそんなことを言えるはずもなく陽太が曖昧に視線を泳がせると、いきなり喜代治に手を摑まれた。

　何事かと思ったら、そのまま有無を言わさず厨房の外へ引きずり出される。

「えっ！　おい、どこ行くんだよ！」

「決まってんだろ、うちの厨房だ」

　外に出ると、辺りはすっかり日が落ちて暗くなっていた。菓子を作るのに集中して時間の感覚が失《う》せていた陽太は、商店街に軒を連ねる店のほとんどがもう明かりを落としているのを見て目を瞬かせる。

　迫桜堂もすでに暖簾を下げていたが、喜代治は店の引き戸を開けて明かりの落ちた店内に入ると、ショーケースを回って奥に続く厨房へと陽太を引っ張り込んだ。

大きな寸胴鍋《なべ》や使い込まれた蒸し器などが並ぶ厨房でようやく陽太の手を離すと、喜代治は厨房の奥からステンレスのボウルとスプーンを持ってきた。

「食ってみろ」

喜代治がスプーンごとボウルを陽太に差し出してくる。ボウルの中にはたっぷりと餡が詰まっていて、う、と陽太は一歩後ずさりした。当たり前だが、甘そうだ。

喜代治はそんな陽太の反応を見て眉根を寄せると、陽太が離れた分だけ歩を進めてきた。

「なんで食わねぇ」

「いや、食う……食うよ。食うけど、あんこだけってのが……」

「それが餅にあんこ絡ませただけのあんころ餅ばっかり食ってた奴の言い種か？」

「そんなの昔の話だろ！」

「昔も今も、うちの餡の味は変わってねぇぞ」

思いがけず強い口調で言い返され、さすがに陽太も言葉に詰まる。

喜代治の言う通り、昔は陽太も餡のたっぷり詰まったまんじゅうや団子が大好きだった。けれど今は、餡の濃厚な甘さを想像しただけで胸が焼けそうだ。

そのままじりじりと後退していたら、腰に調理台がぶつかって動けなくなった。そこに、喜代治がゆっくりと歩み寄る。

「食え。もう一度食ってみろ」

「獣みたいに唸《うな》ってないで口開けろ」

陽太の前で立ち止まると、喜代治はおもむろにボウルの中の餡をスプーンで掬《すく》った。そしてそれを、陽太の口元まで持っていく。

「う……うぉ……」

間近で見た餡は、うっすらと紫がかって小豆の形が半分ほど残っているようだ。

（そういえば、ここの餡はただ甘いだけじゃなくて、小豆の味がしっかりしてたっけ……）

ふいに蘇った記憶に、胸を圧迫していた重苦しさがほんの少し和らいだ気がした。

少しくらい食べてみようか。そう思って陽太がスプーンに手を伸ばそうとしたとき、ぽつりと喜代治が呟いた。

「……お前は和菓子が嫌いになったのか、うちの味が嫌いになったのか、どっちだ?」

唐突な物言いに驚いて顔を上げると、喜代治がどこか思い詰めた目で陽太を見下ろしていた。整った眉の間に漂うのは怒りより淋《さび》しさに近く、陽太は思わず口を開く。

迫桜堂の菓子が嫌いになったわけじゃない、と言おうとして陽太は口を開けたのだが、喜代治はそこにすかさずスプーンを突っ込んできた。

喉には届かないまでも口の奥に突然スプーンを入れられて、うぐっと陽太は短い呻《うめ》き声を漏らす。目を白黒させる陽太を見下ろして、喜代治は直前に一瞬見せた淋し気な表情が嘘のように、不敵な顔で笑った。

「最初から素直に口開けねぇからだ」

「…っ…だ、だからって……！」

「それに、思ったよりも美味いだろう？」

猛然と抗議してやろうとした陽太だが、問われて思わず口を閉ざした。

口の中に残った餡は、想像していたよりもずっとさらりとしている。しつこく残るような甘さではない。そしてやはり、記憶通り小豆の味が際立っていた。豆の風味が鼻から抜けて、思いがけず感嘆の溜息が漏れる。

（──……美味い）

もっと甘くて、喉につかえて、胸焼けするようなものかと思っていたのに、飲み込んだ餡はまったくそんな代物ではなかった。薄皮にくるまなくても、餅にまぶさなくても、このまで十分美味い。自分が寸前まで頭に思い描いていた餡はなんだったのだろうと、当の陽太が首を傾げてしまうくらいだ。

言葉よりずっと素直に思いを代弁する陽太の顔を見下ろして、喜代治が満足気に微笑《ほほえ》む。

けれど陽太はそんな喜代治の反応にも気づかず、口の中の餡を味わうのに夢中だ。

そうしているうちに二口目の餡がスプーンに盛られて口元へ運ばれてきて、大人しく口を開けそうになった陽太はハッとして我に返った。ごく当たり前に喜代治に餡を食べさせてもらおうとしていた自分に気づいて、心底肝が冷えた。

「じ……っ…自分で食べられる！」

言うが早いか、陽太は喜代治の手からボウルとスプーンを奪い取った。喜代治は抵抗する気がないのを示すように両手を上げると、その手を今度は自身の腰に当てた。

「そのボウルに入ってる分はどうせお前のところに持ってくつもりだったもんだ。食べ切っちまってもいいし、店に持って帰っても構わない」

「う、わ、わかった……」

「一応共同開発するんだから、うちの餡の味くらい覚えとけ」

帰るときは店の出口から出ていっていいぞ、と言い残して喜代治は厨房を後にした。

自宅に繋《つな》がる廊下へ消えていくその後ろ姿を見送ってから、陽太は腕に抱えたボウルからもう一口餡を掬い取って口に運んでみる。

（……やっぱり、美味い）

自分の苦手意識なんて一瞬で払拭《ふっしょく》するほどに餡は美味い。それを二口、三口と口にしながら、この餡は喜代治が作ったのだろうかと陽太は思う。

（だとしたら、あいつ凄《すげ》ぇ腕上がってんだな……）

昔喜代治が作ってくれた餡は、こんなにも洗練されていなかった。あのときはもっと……と記憶を辿り、陽太は小さく目を瞬かせる。

唐突に、遠い昔に喜代治が作ってくれたまんじゅうを思い出したからだ。

小学校の、低学年くらいの頃だったろうか。皮から餡まですべて喜代治が作ったというまんじゅうを振る舞われたことがあるのだが、それがやたらと苦かった。どうやら途中で餡を焦がしてしまったらしいと、幼い陽太ですら一発で見抜いたほどだ。

(昔はあんな焦げまんじゅうなんて作ってたのになぁ)

もう十年以上前のこととはいえ、あの苦い餡を作っていた喜代治がこんなにも繊細な味わいの餡を作れるようになっていたとは驚きだ。なんだか少し置いてけぼりを食らった気分で陽太がもう一口餡を口に含んだら、自宅と厨房を繋ぐ廊下がギシリと軋《きし》んだ。

てっきり喜代治が戻ってきたのかと慌てて口の中のものを飲み込んで振り返った陽太だったが、視線の先にいたのは喜代治ではなく、その祖父である福治だった。

寝間着代わりの白っぽい浴衣《ゆかた》を着ているおかげでいつも以上に福々と丸く見える体を揺すってやってきた福治は、厨房に立つ陽太を見て相好を崩した。

「なんだか騒がしいと思ったら、やっぱり陽君が来てたか」

「あ……ごめん爺ちゃん、夜も遅いのにうるさくして……」

最早本当の孫のような調子で陽太が謝ると、福治も孫に対する鷹揚さで構わねぇよと笑い、厨房に置かれていた丸椅子に腰を下ろした。

「聞いたよ。商店会長の依頼で、この商店街を代表するような菓子を喜代治と一緒に作ることになったんだって?」

「うん……そうなんだけど――……」

陽太は言葉を濁す。一緒に作ると言いながら、最初の一週間はすっかり自分が暴走してしまってほとんど事態は進展していない。

福治はそういう状況を知ってか知らずか、厨房一杯に響き渡るような大声で笑った。

「喜代治もお前さんも二人揃って頑固者だから、こりゃ大変な仕事だわな」

大変だ、と言いながら、福治は現状を心底面白がっているらしい。あんまり福治が楽しそうに笑うものだから、陽太もまったく作業が進んでいないことを忘れて一緒に笑ってしまった。

「そうなんだ、洋菓子と和菓子をどうすり合わせていったらいいかがもうわかんなくて」

「お前さんたち二人じゃ、折衷案を出すのもひと苦労だろうなぁ」

目に浮かぶようだ、と福治がまた声を上げて笑う。つられて陽太も笑声を大きくしたら、福治は顔に笑みを残したまま穏やかな声音で言った。

「まぁ、食べる者のことを一生懸命に考えていれば、おのずと味は決まってくるさ」

その言葉に、陽太は思わず口を噤んだ。

自分が作ったものを食べてくれる人。新商品の試作を重ねたこの一週間、自分はそんなものを想像したことがあったろうかと何気なく考えて、言葉を失った。

食べる側のことなどまるで考えず、ただ喜代治に主導権をとられたくない、馬鹿にされたくないと、そんなことで頭が一杯だったのは明白だ。挙げ句そうして技巧を凝らして作ったデニッシュはお世辞にも美味いとは言えない出来上がりになってしまったのだから始末に負えない。

（……もっと単純に、皆に美味いって言ってもらえるものを作らなきゃいけなかったんだ）

美味しいと言って、毎日でも食べたいと思ってもらえるもの。それは新商品の開発であるなしにかかわらず、菓子作りをするとき陽太がまず念頭に置いていたことのはずだったのに。

（……俺、商店街を担う新商品の開発とか言われて、舞い上がってたかも――……）

唐突にそんなことを気づかされた気分になって、陽太は顔を俯ける。珍しく殊勝な気分になった陽太だったが、当の福治はあっけらかんとした口調で言い足した。

「まぁ、相手のことを考えたところで必ずしも美味いもんができるわけじゃないがな」

ふいに掌を返したようなことを言われ、肝心な部分を煙に巻かれた気分で陽太は眉を顰《ひそ》める。どういう意味かと顔を上げると、福治が悪戯《いたずら》っぽく笑った。

「覚えてないか？　喜代治の作った、焦げまんじゅう」

福治の台詞で、遠い記憶の片鱗《へんりん》がパッと脳裏で瞬《またた》いた。

まだ幼い面立ちの喜代治が差し出した形の悪いまんじゅう。中に詰まっていた、焦げついて苦い餡の味。

それはちょうど先程自分が思い出していたもので、陽太は飛び上がって大きく頷いた。

「覚えてる！　覚えてるよ、あの苦いまんじゅう！」

「そうそう、店の小豆を勝手に持ち出してひとりで作っちまってな」

「もう口に入れた瞬間、焦げ臭い匂《にお》いが鼻から抜けてくんだ、あれ！」

今度こそ、陽太は福治と一緒に腹を抱えて大爆笑する。

なんでも器用にこなしてしまう今の喜代治からは想像もつかないあの不器用なまんじゅうが、どういうわけかとんでもなく懐かしかった。

喜代治はあのとき、どんな顔でまんじゅうを差し出したのだったか。それどころかどういう経緯で喜代治が自分のためにまんじゅうを作ってきてくれたのかもわからない。それなのに、まんじゅうの味だけが昨日口にしたように鮮明だ。

最終的に腹筋が痙攣《けいれん》したようになって、目元に涙まで浮かべて陽太が大笑いしていると、福治もまだくつくつと笑いながら言った。

「あの味はひどかっただろう。でも、忘れられないだろう？」

なおも笑いながら陽太は頷き、忘れられるはずもないと言い返そうとして言葉を切った。

福治がなぜか、過去を懐かしむような顔でゆっくりと目を細めたからだ。

「あれはあいつが、初めて他人のために作った菓子だ」

随分と大切なことを口にするような声音で言って、福治はジッと陽太の顔を仰ぎ見る。

そうだったろうか、と陽太は記憶の糸を手繰り寄せようとするが、思い出せるのは苦い餡の味ばかりで上手くいかない。もう少し詳しく当時の様子を尋ねようとしたところで、タイミングを見計らったかのように福治が丸椅子から立ち上がった。

「さあ、もう夜も遅い。陽君もそろそろ帰んなさい」

真っ白な丸い顔に、恵比寿様のような温和な笑みを浮かべて福治が言う。

なんとなくそれ以上質問を重ねるのは憚《はばか》られる雰囲気で、結局当時どんな状況で喜代治が自分にまんじゅうを作ってくれたのか、福治がどんな意図でその話を持ち出したのかもわからぬまま、陽太は迫桜堂を後にすることになったのだった。


迫桜堂の餡を久方ぶりに食べたその翌日。陽太と喜代治は再び葵商店街の喫茶店で新商品の開発会議を開くこととなった。

陽太自身、自分ひとりではできることに限りがあると先の一週間で嫌というほど自覚していたし、商店会長が椋の木の家と迫桜堂の共同開発商品を望む以上、やはり二人でアイデアを詰めていった方が妥当だと思われたからだ。

そうして改めてどんな菓子を作るかという段になったとき、真っ先に喜代治が提案したのはパウンドケーキだった。

パウンドケーキといえば長方形のシンプルなバターケーキだ。通常生クリームや果物で飾りつけられることは少なく、一見すると食パンのようで華やかさには少々欠ける。若い世代や女性をターゲットにするのならもっと見た目に派手なものの方がいいのではないかと陽太は反論したが、喜代治は意見を曲げなかった。

ターゲットは新しい客層ばかりでなく、スーパーやコンビニに流れていった昔ながらの顧客だって含まれる。ならば世代を問わず誰にでも親しめるシンプルなケーキの方がいいだろうと喜代治は迷いもなく言い切って、それは確かに筋の通った言い分のように思え、そうでなくても自分の暴走のおかげで一週間を無為に過ごしてしまった自覚のある陽太は、渋々喜代治の言葉に従うことにしたのだった。

そんな話し合いをしてからさらに三日後。

翌日の仕込みを終えて店内がひっそりと静まり返る夜半頃、椋の木の家の厨房に喜代治がやってきた。用向きは当然、新商品の試作だ。

「これ、パウンドケーキに入れてみないか」

厨房に入るなり喜代治が差し出したのは、大きなタッパーに入った白餡だ。

パウンドケーキにするという話が出た時点で餡を生地に練り込むことは陽太も考えていたが、白餡という発想はなかった。正直してやられた気分ではあったが、敢えてそこは顔に出さず、陽太は何度か頷いてみせる。

「そうだな、白の方が無理なく生地と調和しそうな感じがする」

「……なんだ、今日はえらく素直に人の言うこと聞くんだな」

もっと陽太が難癖つけてくると思っていたのだろう。白餡の他に黒蜜や酒粕などを調理台に並べていた喜代治が意外そうな顔でそんなことを言うので、陽太はふん、と鼻息を吐いた。

「食ってくれる人に喜んでもらうのが第一だからな。いい案だと思ったら、採用する」

完全に、福治の受け売りである。喜代治はそれが自分の祖父の言葉と知っているのかいないのか、そうか、と苦笑しただけだった。

とりあえず、喜代治の用意した材料の中から白餡、酒粕、日本酒を選んでパウンドケーキを作ることになった。ベースは洋菓子なので、生地作りは主に陽太の作業だ。

とはいえ、レシピもない菓子を作るのだからさすがに普段通りというわけにはいかない。

「白餡だから馴染みはいいだろうけど、どのくらい入れたもんかな」

卵を泡立てながら難しい顔で呟く陽太に、喜代治も真剣な顔で答える。

「粉と半々になるくらい入れちまっていいんじゃねぇか?」

「……それ、生地膨らむか?」

「正直やってみなくちゃわからんな。それより、砂糖の量はそのまんまでいいのか？　白餡入れてる分減らした方がいいんじゃないか」

「あー……じゃあ、三分の二くらいにしてみるか？」

普段のレシピに少し変わった素材を入れるだけとはいえ、酒粕にしろ白餡にしろ使ったことのない材料ばかりだ。本当に手探りの状態で陽太は作業を進める。

ああだこうだと二人で意見を交わしながら生地を作り、ケーキ型ごと窯に収めるときには作業開始から一時間以上が経っていた。慣れたレシピなら生地作りなど三十分もかからないのだから、試作はやはり相当に時間がかかる。

あらかじめ温めておいた窯に生地を入れ、重たい戸を閉めると陽太は深い息を吐いた。後はもう、どんな焼き上がりになるか座して待つより他はない。

「焼き上がるまでにはどれくらいかかるもんなんだ？」

喜代治も窯の前までやってきて、陽太と一緒に興味深そうに中を覗き込む。

喜代治の立つ左手側がふっと翳《かげ》り、陽太は斜め隣を見上げた。

ほとんど体が覚えていたように顎が上向いた。でも、あると思った場所に喜代治の顔はなく、見上げた先にあったのは肩口だ。軌道修正するようにもう少し視線を上げて視界に喜代治の横顔を収めながら、そういえば卒業から五年も経ったのだな、と陽太は思う。

ほとんど口も利かなかった五年の間に、喜代治はまた背が伸びていたようだ。

「……うちでパウンドケーキ焼くときは、三十分から四十五分ってとこかな」

「焼き時間に幅があるのは、種類によって違ってくるからか？」

「それもあるけど、おんなじレシピで作っても少しずつ分量は狂ってくるから、つどつど様子は見るようにしてる」

へぇ、と感心したように喜代治が呟いて、陽太はゆっくりと窯に視線を戻した。

こうして喜代治と隣り合って立つのも、もしかすると五年ぶりだったりするのだろうか。

背が伸びて骨格が変わっても、傍らに立つ喜代治の気配は昔と変わらない。存在感はあるがとても静かで、妙に安心する。居心地がいい。

（そういえば、そうだったな……）

こんなことを、どうして忘れていたのだろう。

つい先日、迫桜堂で久々に餡を食べたときのようだ。あんなに美味いものをどうして苦手だなどと思い込んでいたのか思い出せないように、こんなに静かに、ゆったりと自分の隣に立ってくれる男をことさらに避けようとしていた理由がわからなくなる。

（和菓子は、迫桜堂に行かなくなってからなんとなく苦手になって……迫桜堂に行かなくなったのは喜代治と喧嘩したからで——……）

では、その喧嘩の発端はなんだったのか。

思い出せずにちらりと喜代治を見上げたら、ほとんど同時に喜代治もこちらを見た。唐突に目が合って、なぜだか陽太の心臓が跳ね上がる。

二人しかいない厨房はやたらと静まり返り、わけもわからず速まった心音が喜代治の耳に届いてしまいそうで、陽太は喜代治を見上げたまま上ずった声を上げた。

「な、なんだよ……？」

「いや……焼き上がるまで三十分はかかるんだろう？　少し窯から離れても大丈夫か？」

陽太が頷くのを確認すると、喜代治は厨房を出て椋の木の家の店舗へ回った。

店はもうシャッターを下ろして電気も消えている。喜代治を追って店に出た陽太は、明かりをつけながらその背中に声をかけた。

「なんだよ急に。腹でも減ったのか？」

こんな時間なのでショーケースに並ぶ生菓子はすべて下げられ、総菜パンコーナーにも何も並んでいない。がらんとした店内で商品棚を覗き込んでいた喜代治は、唯一店の片隅に置かれていたクッキーやフィナンシェなどの小さな焼き菓子を指差した。

「この中にお前の作った菓子はないのか？」

「その辺は、ほとんど俺が作ったやつだけど……？」

そうか、と短く呟くと、喜代治は透明な袋でラッピングされたフィナンシェを手にした。

「これ、もらっていいか」

「え、やっぱ腹減って……？」

「そういうわけじゃない。ほら、お代」

レジの前までやってきた喜代治はジーンズのポケットから小銭を取り出してレジ横に置くと、その場で封を切ってフィナンシェを頬張った。

わけもわからず、陽太はショーケースの裏手に立ったままフィナンシェを食べる喜代治の横顔を眺める。喜代治は黙々と菓子を味わっているようだ。

しばらくして、はたと陽太は気がついた。

（もしかしてこれって、俺の作った菓子の味を確認してるってことか……？）

遅ればせながら自分の技量を測られているのだと理解して、陽太は全身を緊張させた。

学生の頃は事あるごとに喜代治に手製の菓子を振る舞っていたが、店に立つようになってから自分の作った菓子を食べさせるのは、これが初めてだ。

（客から代金もらってるくせにこの程度か、とか言われたらどうする、俺……！）

ごくりと喉を鳴らして陽太が立ち尽くしていると、喜代治はゆっくりと最後の一口を飲み込んで陽太と向き合った。

「バターと洋酒の香りがよく出てる」

「お……おう、バランスもいいだろ」

内心の動揺を押し隠して強気に陽太が言い張ると、喜代治がちらりと微苦笑を漏らした。

「そうだな、腕は上がってる。……美味かった」

美味かった、と気負いもなく喜代治は言う。瞬間、陽太の頬にカッと赤味が差した。

（う……わ、なんだこれ……）

なんでもない褒《ほ》め言葉なのに、顔に熱が集まるほど高揚する自分に陽太は戸惑う。

毎日店にやってくる客の中にはもっと手放しに陽太の作った菓子を褒めてくれる者もいるのに、どうしてこんな変哲もない喜代治の言葉に浮かれてしまうのか。

（でも、こいつ昔から、滅多に人の作ったもん褒めなかったし……）

赤くなった頬を隠そうと、手の甲で意味もなく頬を拭いながら陽太は思い出す。

喜代治はいつも陽太の作る菓子を残さず食べたが、必ず一言二言改善点も指摘した。それは大抵が的を射たもので、学生時代の陽太は素直にそんな喜代治に感心していたものだ。

思えば喜代治は、当時から菓子に関して相当厳しい態度で挑んでいたのだと思う。自分が作るものはもちろん他人の作るものもきちんと吟味して、和洋の隔たりなどなく貪欲《どんよく》に菓子を美味くする要素を探していたのだろう。

現に喜代治は高校卒業後すぐに店に立たねばならず、本格的な勉強は製菓学校に行ってからで十分だと思っていた当時の陽太とは覚悟のほどがまるで違った。

高校の卒業間近ともなれば、喜代治はよく手製の和菓子を持って陽太の意見を求めにきた。自分の腕は未熟だからと普段は滅多に自作の菓子を他人に食べさせない喜代治だったが、店に立つ日を直前に控え、さすがに不安や緊張があったのかもしれない。

動揺をごまかすためにそんなことまでつらつらと思い出していたら、フィナンシェの入っていた袋を手の中で握り潰した喜代治がショーケースの裏側に回ってきた。

「おわっ⁉　な、な、なんだよ⁉」

「なんだも何も……そろそろ窯の様子見に行った方がいいんじゃないか？」

淡々と返して喜代治は厨房に入っていく。

その後ろ姿を見送って、陽太はぐしゃぐしゃと髪をかきむしった。なんだか自分ばかりが、喜代治の一挙手一投足に振り回されている気がする。

（何動揺してんだよ……！　落ち着け、俺！）

陽太は己に活を入れるように軽く頬をはたくと、喜代治を追って厨房に戻った。


白餡や酒粕の他にも生地に入れられる素材はないだろうかと相談を重ねながらさらに数十分待機して、ようやくパウンドケーキが焼き上がった。

早速切り分けて試食をしてみたが、二人の表情は揃って芳しくない。

「……初めて作ったにしては、まぁ……不味くはないかな……」

もりもりと口一杯にケーキを頬張って、不明瞭《ふめいりょう》な声で陽太が呟く。その向かいで喜代治も咀嚼を繰り返しながら小さく頷いた。

確かに、決して不味くはない。普段椋の木の家で作っているパウンドケーキより身が詰まって、白餡の食感も残っているからほっこりした仕上がりになっている。

強いて言うなら少し甘みが強くなってしまった気がするが、そこは砂糖の分量を調整すればすぐ解決する問題だ。このままでも十分、美味いは美味いのだが。

「……記憶に残らない美味さだな」

喜代治がぽつりと呟いて、陽太は危うく膝《ひざ》を叩きそうになった。

「それだ！　なんかこう、無難にまとまりすぎてるっていうか……別にわざわざここに買いにこようと思うほど美味いわけじゃないっていうか……！」

「……意外に自分の作ったものに対して辛辣《しんらつ》な評価も下せるんだな」

「どういう意味だ、それ。それに、白餡作ったのはお前だろ。何俺ひとりが作ったみたいな言い方してんだ。そんなこと言うなら次からお前が生地に入れる卵混ぜろよ」

喜代治の言葉に腹を立てるでもなく、陽太はもう一切れパウンドケーキをつまみ上げる。喜代治は肩を竦め、自分も一緒にケーキに手を伸ばした。

しばらく黙々とケーキを食べてから、二人はそれぞれの意見を交換し合った。

「酒粕入れたのに、思ったほど酒の味しないな。日本酒の香りもあんまり……」

指についたケーキのかすを舐《な》めとりながらまず陽太が口火を切る。

「もう少し量を増やせば香りも立つだろうが……子供が食べることも考えれば今の量が限度じゃないか？」

喜代治も指先で口元を拭いながら難しい顔で呟く。

「でももう少し香りがあった方がなぁ……。思い切って洋酒使うってのは？」

「それじゃ完全に洋菓子に寄っちまうだろうが。折衷案を出せ」

「じゃあお前はなんかいい案あるのかよ」

陽太が口を尖らせて尋ねると、喜代治は再びケーキに手を伸ばし、それを咀嚼しながら首を傾げる。そうしてしばし黙考した後、伏せていた目を上げて呟いた。

「食感を変えるために、焼かずに蒸してみるのはどうだ？」

「蒸したりしたらそれこそ浮島になっちまうじゃねぇか。お前こそ折衷案出せよ」

喜代治の意見を吹き飛ばすように鼻から大きく息を吐き、それよりもっと他の、と陽太が言いかけたときだった。調理台の向かいにいた喜代治が音もなく隣にやってきて、陽太の肩を強く摑んだ。

突然のことに驚いて顔を上げると、喜代治が恐ろしく真剣な面持ちでこちらを見ている。肩を摑む手も痛いほどに強く、何か妙なことでも言ったかと陽太は目を瞬かせた。

呆気《あっけ》にとられる陽太を見下ろし、喜代治は地を這《は》うような低い声で言った。

「お前今……浮島って言ったか？」

「え、い、言った、けど……？」

「和菓子が苦手なくせに、よくそんな名前知ってるな？」

そこまで言われてもまだしばらくは喜代治の言わんとしていることがわからず、さらに数秒おいてから、陽太は露骨に「ヤバい」という顔をしてしまった。

浮島とは和菓子の名称で、カステラに餡を混ぜ込んだような菓子だ。さらに言うなら迫桜堂のラインナップには含まれていない。それなのにどうして浮島などという、まんじゅうや羊羹に比べれば格段に耳慣れない和菓子の名前がさらりと陽太の口から飛び出したのかといえば、陽太が迫桜堂以外の和菓子店に通っていたからに他ならない。

本来なら別の店で菓子を買っていたからといって喜代治に咎《とが》められるいわれもないのだが、家から歩いて二分の場所に幼馴染みの勧める和菓子店があるのに別の店に通うというのは、さすがに少しばかり決まりが悪かった。

その上陽太は明らかにしくじったという顔をしてしまい、それは本人も多少なりとも疾《やま》しさを自覚しているということで、そうなれば、当然喜代治も黙っていない。

「お前やっぱり、うち以外の店の和菓子食ってたんだな？」

もう一方の手でも陽太の肩を摑み、真正面から喜代治が詰め寄ってくる。その剣幕にすっかり気圧《けお》され、陽太はしどろもどろの言い訳しかできない。

「ち、違うって……てゆか、もしそうだったとしても別に」

「やっぱり、そうなのか」

「いやいや！　でも最近は全然和菓子屋とか行ってないし――……」

「最近ってことは、前はよく行ってたのか」

じりじりと喜代治が顔を寄せてきて、しかもその顔が尋常でなく鬼気迫っていて陽太は大いにうろたえる。それでつい、肩に置かれていた喜代治の手を力一杯振り払ってしまった。

「そうだったとしても、お前には関係ないだろ！」

「関係あるかどうかは俺が決める。お前まさか、和菓子が嫌いになったわけじゃなくて、うちの店の味が嫌いになったとか言うんじゃ――……」

「はっ⁉　なんだそれ！　誰もそんなこと言ってないだろ！」

「だったら！」

厨房に喜代治の大きな声が響き渡る。滅多なことでは声を荒らげない喜代治の大声に驚いて陽太が身を竦ませると、再び喜代治に両肩を摑まれた。

「高校のときお前、突然和菓子より洋菓子の方が断然勝るなんてわけのわからないこと言い出したな。覚えてるか」

喜代治が斜め上から覆いかぶさるように迫ってくるものだから、背後からの光を受けてその顔がゆっくりと陰る。すると唐突に、目の前にいる喜代治の輪郭が朧《おぼろ》になって、代わりに高校時代の喜代治の顔が立ち現れた。

ぎくり、と陽太の背中が強張った。後を追うように、じっとりと冷たい汗が背筋を伝う。なんだかとても、嫌なことを思い出してしまいそうな気がした。ひたひたと、悪寒のようなものが身の内を満たし始める。

もういっそ喜代治を黙らせてしまいたい。けれど喜代治は容赦なく、陽太の記憶の蓋をこじ開けようと言葉を重ねてくる。

「どういうつもりだ。卒業式直前の、二月だったな。あのとき、、、、急に――……」

あのとき。

どきん、と陽太の心臓が脈を打つ。

卒業間近の、二月。寒くて、屋上で吐く息は白く濁って。

『和菓子だ――……』

喜代治がそう言って、一点を見ていた。たくさんのものの中から、たったひとつを。

(あのとき、急に――……)

忘れたはずの記憶が、蘇りそうになる。けれどそれは激しい恐怖や不安を伴って、陽太は必死でそれを振り払おうと前以上の力で肩に置かれた喜代治の手を振り払った。

そしてただ、喜代治の言葉を止めたい一心で、思いつく一番ひどい言葉を口にした。

「そんなもん……っ、あの頃のお前が美味くもない和菓子なんて毎日俺のところに持ってきたからに決まってるだろ!」

ほとんど叫ぶような声が厨房の角々で跳ね返る。自身の声で、キィンと耳が痛んだ。心臓が大暴れして、大きく体を動かしたわけでもないのに息が乱れる。

陽太は喜代治の手を振り払った勢いのまま、しばらく床を睨みつけて動けなかった。

そうしたまま、一体どのくらいの時間が経っただろう。あまりにも長いこと沈黙が続くことに気づいて、陽太は恐る恐る目の前に立つ喜代治の顔を見上げた。

その顔を見て、初めて陽太は自分の言葉の残酷さを思い知った。

喜代治は両手を脇に垂らして、再び陽太に手を伸ばす素振りもなくただじっとそこに立っていた。その顔に表情はなく、喜代治はまるで、糸の切れた凧《たこ》や川底に沈んでいくビー玉を呆然《ぼうぜん》と見送る子供のような顔でこちらを見ていた。

（あ……俺――……）

一瞬で陽太の胸中を後悔が満たす。言ってはいけないことを言ってしまったと思ったが、とっさにはどうやって前言を撤回すればいいのかわからない。

本当は、喜代治の持ってくる菓子を不味いなんて思ったことは一度もなかった。それどころか、今日はどんな菓子を持ってくるだろうと毎日楽しみにしていたくらいだったのに。

「き……喜代治――……」

謝らなければ、と思うのに、気が急《せ》いて名前を呼ぶのが精一杯だ。

心にもないことを言ってしまった、このままにしておいては駄目だと頭の中で自分の声が跳ね返るが、喉が痙攣したようで上手く声が出ない。

喜代治の表情がゆっくりと陰っていく。自分が今、とんでもなく決定的な一言を口にしてしまった証拠だ。

とにかく謝れ、ごめんなさいだ、と陽太が口を開きかけたときだった。

椋の木の家の店舗の方から、勢いよくシャッターを叩くけたたましい音が響いてきた。

驚いて、陽太と喜代治は顔を見合わせる。直前まで厨房に満ちていた不穏な空気が霧散して、このときばかりは純粋に何事かと訝《いぶか》る表情で陽太たちは店に回った。

こんな時間に一体誰《だれ》だとさすがに警戒しながらシャッターを押し上げると、暗い商店街を背に姿を現したのは、迫桜堂に勤めるベテラン職人、阿部だった。

見知った顔にホッとしたのも束《つか》の間《ま》、阿部は転がり込むように店内に入ると、陽太の後ろにいた喜代治に向かい切迫した声を張り上げた。

「喜代治さん！　福治さんが――……っ…厨房で倒れました！」

予想だにしていなかった言葉に息を飲み背後を振り返るより先に、何かが陽太の肩を押しのけて外に飛び出した。喜代治だ。

阿部もすぐ後に続いて、陽太も状況が理解できないまま急き立てられるように二人を追い迫桜堂に駆け込む。

店に入ると、奥の厨房から喜代治の差し迫った声が漏れてきた。慌てて陽太も厨房に入ると、喜代治が床に膝をつき何かを抱きかかえている。それは薄墨色の着物を着た、福治だ。

「じ…っ…爺ちゃん！」

陽太もその場に駆け寄って床に膝をつく。喜代治に仰向《あおむ》けに抱きかかえられた福治の顔は、青白いのを通り越して真っ白だ。

「阿部さん！　救急車呼んでください！　爺ちゃん、爺ちゃんしっかりしろ！」

自分も蒼白になりながら、喜代治が何度も福治に呼びかける。陽太も一緒になって福治を呼んだ。他になす術《すべ》もなく、声が嗄れるほど呼び続けた。

けれど福治は喜代治の腕の中でぐったりと弛緩したまま、結局救急隊員が駆けつけてもなお、目を開けることはなかったのだった。

福治が倒れた翌日にはもう、葵商店街中に事の顚末《てんまつ》は知れ渡っていた。

福治が倒れた原因は、心筋梗塞《こうそく》だったそうだ。

最初に異変に気づいたのは阿部だった。普段から迫桜堂の帳簿の計算を任されていた阿部はその日遅くまで店に残っていて、そろそろ福治に声をかけて帰ろうかと思っていた矢先、厨房での物音を聞きつけ福治が倒れているのを発見したらしい。

倒れてすぐ病院に運ばれたのが幸いして、福治の手術は無事成功したという。だが、手術から三日が経っても未だ福治の意識は戻らず、まだまだ予断を許さない状況らしい。

迫桜堂もこの三日間暖簾を下げたままで、店はひっそりと静まり返っている。

午後の店番をしながら、陽太はショーケースの裏側から見るともなく迫桜堂の店先を眺めていた。

暖簾のかかっていない迫桜堂の入口は、なんだか見慣れないよそよそしさで陽太を落ち着かない気分にさせる。福治の容体はどうなのか、喜代治は今頃何をしているのか、気になって仕方がない。

（見舞いとか……せめて喜代治の家に様子とか聞きに行ってみようかな……）

ショーケースに肘をついてそんなことを考えてみるのだけれど、すぐに陽太は怯んだように視線を下げてしまう。喜代治の元に足を向けようとするたびに、福治が倒れる直前に喜代治と交わした会話がその足取りを鈍らせる。

あんなひどい言葉をぶつけ、まだ謝ってもいない状況で喜代治の前に立つのは、正直かなり勇気のいることだ。

（あー、もう……あんなこと言うんじゃなかった……！）

顔を俯け、陽太はケースの上で拳《こぶし》を握り締める。そんなとき店の戸が開く音がして、来客かと陽太は慌てて顔を上げた。

平日の午後、炎天下の中買い物に出るのは気が進まないのかあまり客がやってこないものだから考え事に耽《ふけ》ってしまったが、こんなところを母の節子に見られたらどやされる。

と思ったら、店に入ってきたのは当の節子である。

買い物に行くとかで陽太に店番を任せ出かけていった節子は、大股に店に入ってくると陽太の前で立ち止まり、両手で強くショーケースを叩いた。

「うわっ！　ご、ごめん、別にサボってたわけじゃ……！」

　何やらやたらと険しい表情で詰め寄ってきた節子に慌てて言い訳をしようとした陽太だが、それを遮って節子が鋭い口調で言った。

「大変よ！　迫桜堂さんがお店閉めちゃうかもしれないって！」

　前後の脈絡もない突飛な台詞に陽太は目を丸くして、次の瞬間、節子と同等かそれ以上に険しい表情でショーケース越しに身を乗り出した。

「なんだよそれ！　どういうことだ！」

　節子は額に浮いた汗もそのままに、勢い込んで詳細を語り始めた。

　買い物に出た節子はその途中、顔見知りの茶道の先生と一緒になったらしい。顔を合わせるのも久しぶりだからとそのまま喫茶店に入ってしばらく世間話などしていたのだが、ふと相手が「迫桜堂さんはお店を閉めてしまうのかしら」と漏らしたのだという。

　彼女によると、近々開かれる茶会に出す上生菓子を以前から迫桜堂に注文していたそうなのだが、つい昨日迫桜堂から注文をキャンセルしてくれないかと頼まれたらしい。その上今後の注文については遠慮して欲しいとまで言われたそうだ。

　もう十年来迫桜堂の菓子を茶会で使っているが、そんなことを言われたのは初めてのことだという。福治の件もあるし、もしかするとこのまま店を閉めてしまうのではないかという彼女の言葉には相当の信憑性《しんぴょうせい》があり、驚いた節子は大慌てで家に帰ってきて陽太に一連の出来事を話したというわけだ。

「で、どうなの。アンタ何か、喜代治君からそんな話聞いてないの？」

大体の事情を一息で話し、息せき切って節子が尋ねてくる。陽太は半ば呆然と話を聞いていたが、節子の言葉で我に返ると、やおらその顔に憤怒の表情を浮かべた。

「知らねぇ！　俺はそんな話聞いてないぞ！」

「でも、お茶の先生がそう言ってたし、福治さんもまだ意識が戻らないのに……」

「てことはあいつ、独断で迫桜堂閉めようってしてるってことか！」

言うが早いか、陽太はショーケースを回って店先に躍り出た。

「あの野郎！　爺ちゃんが倒れたからって弱気になりやがって、店閉めるなんて冗談じゃないぞ！」

そのまま店を飛び出そうとした陽太の腕を、後ろから節子が掴む。てっきり止められるのかと思って手を振りほどこうとしたら、節子は陽太の予想もしないことを言った。

「待って待って！　様子を見に行くなら手土産ぐらい持っていきなさい！」

どうやら節子も迫桜堂の様子が気になるのは一緒のようだ。だからといってこんなときに手土産のことなど気にするのが常識的なのかそうでないのかよくわからなかったが、陽太は言われるままに猛然と手近な焼き菓子を掴んで店の袋に入れ、改めて店を飛び出した。

迫桜堂は閉まっているので、陽太は店の裏側にある喜代治の自宅へと向かった。玄関の前に立ち躊躇もなくチャイムを連打すると、中から迷惑そうな顔の喜代治が出てきた。

予想外の訪問者だったのか、陽太の顔を見た途端喜代治が目を丸くする。

陽太は喜代治が何か言う前にずかずかと玄関に入ると、無言のまま上り框《かまち》を踏み越えた。

廊下に上がっても制止の声は飛んでこない。代わりに背後で戸口を閉める音がして、陽太は振り返りもせず玄関から続く長い廊下を突き進む。そうして居間まで上がり込むと、卓袱台の前にドカリと腰を下ろした。

後から喜代治もやってきて、言葉もなく陽太の向かいに座る。

福治が入院しているせいか、さすがに喜代治は憔悴《しょうすい》し切った表情だ。こうして陽太と向かい合って座っていても視線は下がりがちでこちらを見ない。

陽太は眉間にギュッと皺を寄せると、前置きもなしに切り込んだ。

「お茶の先生からもらってる上生菓子の注文、断ったって本当か」

声に反応したように喜代治がゆるりと顔を上げる。その表情に陽太の言葉を否定する色は読み取れず、陽太はますます眉間の皺を深くして一段声のトーンを上げた。

「まさかお前、迫桜堂を閉めちまうつもりじゃないだろうな⁉」

陽太の声が広い室内に殷々と響く。それでも喜代治は何も言わず、声の残響だけが虚《むな》しく宙を漂うようだ。壁にかけられた柱時計の針の音が、なんだかやけに耳についた。

冷房も効いていないはずなのに、家の中は気温が低い。障子戸越しに射し込む光はうっすらと陰って、どうやら外から簾《すだれ》がかけられているようだ。時折風が吹くと、庇《ひさし》にかけられたのだろう風鈴がちりんと音を立てる。

子供の頃に遊びにきたときと家の様子はほとんど変わっていない。

唯一違うのは、ここに福治がいないことくらいだ。

「……店は、閉めることになると思う」

ちりん、と風鈴が鳴るのに重なるように、短く喜代治が呟いた。

陽太は驚いて真正面から喜代治の顔を見詰める。

まさか本当に肯定されるとは思わなかった。むしろ自分の疑惑を否定して欲しくてここへ来たようなものだったのに、陽太は上手く表情も作れないまま身を乗り出した。

「お前……何言ってんだ、冗談だろ……？　爺ちゃんもいないのに、そんな——……」

「爺ちゃんが、いないからだ」

喜代治は一度目を閉じて深く息を吸うと、一気に吐き出すように言った。

「爺ちゃんが倒れてすぐに、うちにいた職人が三人、長期の暇をくれと言ってきた」

陽太は小さく息を飲む。陽太が覚えている限り、迫桜堂に勤めている職人は喜代治を除いて四人。ほとんど全員だ。

長期の暇、と言ってもそれは言葉通りの意味ではなく、店を辞めようとしているという意思表示に他ならない。休みの間に再就職先を探し、改めて辞職願を出すつもりなのだ。

そういう諸々の状況を理解して、陽太は憤りで頬を紅潮させた。

「爺ちゃんが倒れて大変な、こんなときにかよ……！」

「こんなときだからだ。爺ちゃんがいなくなったら、迫桜堂は暖簾を下げるしかない。それを皆わかってるから――……」

「なんで下げる必要があんだよ！　お前がいるだろ！」

喜代治は福治の孫で、迫桜堂の跡継ぎだ。本人だってそれを望んでいるはずなのにどうして、と陽太が続けようとすると、喜代治がいつになく疲れた表情でそれを遮った。

「俺は、店に立つようになってまだ五年目だ。うちにいるどの職人よりも経験が浅い。素材のよし悪しすら判断のつかない若造の下で、熟練の職人たちが働いてくれると思うか？」

「で…っ…でも、ひとりは残ってくれてるんだろ⁉」

「残ってくれたのは阿部さんだ。あの人は親父と仲がよかったし、爺ちゃんにも信頼されてたから、俺ひとり置いてこの店を離れるのが忍びなかったんだろう。あの人だけは爺ちゃんが倒れてからも毎日店に来てる。今も厨房で、鍋でも磨いてくれてるんだろう。でも……」

俺の腕を認めてくれてるわけじゃない、と低く言い足して、喜代治は暗い瞳で卓袱台の一点を見詰めた。

「早々に店を離れていった職人たちの判断の方が、正しい。このまま爺ちゃんが目を覚まさない可能性もあるし……そうなったら、完全に迫桜堂の味は廃れる」

「廃れるわけないだろ、お前がいるんだから――……」

「俺にはまだ、爺ちゃんの味は再現できない」

すでに何もかも諦めてしまっているような喜代治の反応に陽太は歯噛みする。どんなに自分が言葉を重ねてみても、喜代治にはもう届かないような気がした。

こんなに近くにいるのに、指を伸ばせば届く距離なのに、目の前に分厚いコンクリートの壁でもあるように、自分の声は喜代治に響かない。

それでもなお、考え直せと根気強く陽太が繰り返そうとすると、その気配を察したのか、喜代治が鼻先で小さく笑った。

「お前にとっちゃ、いい気味だろう。これでもう、不味い和菓子を食わなくて済む」

それは明らかに、以前陽太が口にした台詞を当て擦《こす》ったものだった。

瞬間、陽太の心中を満たした感情はひとつ。

あの言葉はそんなにも喜代治を傷つけてしまったのか。本心ではなかったとはいえ、あんなひどいことを言うのではなかった――などという、殊勝なものではない。

陽太は思うより早く片手を卓袱台につくと、そこに全体重をかけて大きく身を乗り出し、俯いてこちらを見ない喜代治に向かって大きく手を振り上げた。

「そんなこと――……本気で思ってるわけねぇだろ！」

ほとんど絶叫に近い声で言い放ち、陽太は掌を振り下ろす。

卓袱台を挟んだ不自然な体勢ではあったが、掌は喜代治の頬にクリーンヒットした。

バチーン！　と何かが破裂したのではないかと思うほどの大音量が室内に響き渡り、喜代治の大きな体が後ろに仰《の》け反る。

まったく無防備な状態で平手打ちを食らった喜代治が、驚いた顔でこちらを見た。

その顔からは、自嘲《じちょう》気味な笑みも沈鬱《ちんうつ》な表情もすべて吹き飛んでいる。ただただ純粋に驚いて、呆気にとられた顔でこちらを見返す喜代治に向かって陽太は怒号を上げた。

「そんな理由で暖簾下ろしちまったら、爺ちゃんが帰ってきたときなんて謝るんだよ！」

福治が帰ってくるのを大前提とした陽太の言葉に、喜代治が小さく目を見開いた。

この時点で喜代治が、きっともう福治が病院から家に戻ってくることはないだろうと確信に近い強さで思っていたことなど、陽太は知らない。それどころか福治が帰ってくることを欠片も疑わない顔で口早にまくし立てる。

「お得意のお客さんにまで迷惑かけて、爺ちゃんがこのこと知ったら本気でぶん殴られるぞ！　お前が今しなきゃいけないのは、今すぐ全力で生菓子作って先方に事情を説明して、味の確認してもらうことだろうが！」

喜代治はまだ呆然とした表情のまま、でも、と口の中で小さく呟く。

「この場は取り繕えたとしても、この先迫桜堂の味を守っていくことは――……」

「できる！」

陽太は身を乗り出したまま、まだぼんやりした顔をする喜代治の目を覚まさせるように力一杯卓袱台を叩いた。

「今すぐ爺ちゃんの味を再現するのが不可能だっていうなら、この先何年でもかけてあの味を再現できるように努力すればいいだけじゃねぇか！　お前が爺ちゃんの味を忘れなければ、迫桜堂の味は廃れないんだよ！」

それとも何か！　と、額に青筋を立てて陽太は息巻いた。

「たかが数年で爺ちゃんの味を忘れるくらい、お前の舌は馬鹿なのか！」

喜代治が小さく、瞬《まばた》きをする。何か眩《まぶ》しいものでも見た後のように何度も何度も。

これだけ好き勝手なことを陽太が言っているのに、やはり喜代治の表情は朧だ。まだ自分の声は届かないのかと、陽太は拳を振り上げた。

「……もう最悪、爺ちゃんの味でなくてもいいじゃねぇか！　お前の美味いと思うものだけ店に並べとけばいいだろ！　俺はな――……っ…」

陽太の声が震える。迫桜堂が店を閉めるかもしれないと耳にしたとき、真っ先に胸に迫ってきた感情が渦を巻く。

単純に、迫桜堂の和菓子が食べられなくなるのは嫌だと思った。子供の頃から慣れ親しんだあの菓子が二度と食べられなくなるのは惜しいと。

でもそれ以上に、迫桜堂がなくなったら喜代治はどうなるのだと思った。

あんなにも真摯《しんし》に和菓子と向き合ってきた男なのに。脇目も振らず和菓子職人の道を突き進んできた男なのに。そして何より、あんなにも美味い菓子を作るのに。

高校時代から遡り、中学、小学と喜代治が差し出してくれた和菓子の味を思い出す。いつだって喜代治の作る菓子は優しい味がして、口に含めば笑みがこぼれた。

それは多分、作り手である喜代治が食べてくれる者のことを思い、誠実に菓子を作っていたからだ。もうあの当時から、喜代治は福治の意思をきっちりと継いだ職人だったのだ。

思い返したら堪《こら》えきれず、陽太は胸の内をすべて吐き尽くすように叫んだ。

「俺は…っ…、お前の作った焦げまんじゅうが好きだったんだよ！」

形の悪いまんじゅうの中に詰まった、焦げついた苦い餡。それでも緊張した面持ちの喜代治がまんじゅうを持ってきてくれたのが嬉しくて、残さず食べた。

あのまんじゅうが。いや、あれに限らず喜代治の作る菓子が、自分は本当に好きだった。

それなのに店を閉めるつもりなのか、と重ねて問おうとした陽太だったが、感情が昂《たか》ぶりすぎてとっさに声が出なかった。息を整えようと喜代治を睨みつけたまま肩を上下させていると、それまでただただ陽太を見返していただけの喜代治が、ふいに口を開いた。

「……焦げまんじゅうって……あれか……？　俺が昔、餡焦がしちまった……」

「それだ！」

間髪入れずに陽太が答える。すると、まっさらだった喜代治の顔に、じわりと表情が浮かんだ。真正面から見ていた陽太にも俄かにはどんな表情が浮かび上がるのかわからないくらい微々たる変化だったが、やがてそれはじわじわと顔全体を侵食し、最後は崩れるように、目に見えて喜代治は表情を緩めた。

「さすがにもう、あんなまんじゅうは作れねぇな」

餡を焦がしたら職人失格だ、と呟いて、喜代治は眉尻を下げて笑った。

固く結ばれた糸がほどけたようなその表情に、先程とは違う理由で陽太は言葉を詰まらせた。ここのところ喜代治と接する機会が増えてきたとはいえ、こんな穏やかな喜代治の顔を見るのは久しぶりだ。もしかすると高校以来かもしれないと思ったら、目を逸らせない。

喜代治はしばらく懐かしそうに目を細めていたが、やがて何かを吹っ切ったのか、目にかかる前髪をぐっと両手で後ろに撫でつけた。

「……そうだな。俺が爺ちゃんの味さえ忘れなければ迫桜堂の味は続いていくし、今すぐ爺ちゃんみたいな菓子は作れなくても、いつか追いつけるように努力すればいいだけか」

そう言って前を見た喜代治の顔に、最前まで浮かんでいた虚《うつ》ろな表情はない。そしてもう一度陽太を見て、お前の言う通りだ、と端整な顔に笑みを浮かべた。

「や、やっとわかったんなら、妙なことで悩んでる場合じゃないだろうが……！」

「そうだな。まずはお前が言った通り、上生菓子の件から対処するか。すぐに菓子作って、先方に確認してもらおう」

そうと決まれば阿部さんに相談だ、と腰を浮かせて背後の廊下を振り返った喜代治の動きが止まった。陽太も一緒に視線の先を追うと、厨房に続く廊下の暗がりから、白い調理服を着た阿部が現れた。

喜代治や陽太と目が合うと、阿部はいかにも実直堅固といった風情でかぶっていた白い帽子を脱ぎ、頭を下げた。

「……すみません、立ち聞きするつもりはなかったのですが、こちらからとんでもない剣幕の声が聞こえてきたので、何事かと……」

厨房から和室までは大分距離があるはずだが、それでも声が届くほど陽太の怒声は凄《すさ》まじいものだったらしい。厨房に阿部がいるのも忘れてひとりで大騒ぎしていた陽太としては、それは阿部さんのせいじゃないです、とよっぽどとりなしてしまいそうだったのだが、それより先に喜代治が立ち上がり、背筋を伸ばして阿部と向き合った。

「聞いていたのなら話は早いです。阿部さん、俺に上生菓子の作り方を教えてください」

申し出に、阿部が微《かす》かに驚いたような顔をする。傍らで聞いていた陽太も驚いた。喜代治は店に並んでいる菓子ならすでにどれでも作れると思っていたのだが、違うのだろうか。

「そう言われましても、喜代治さんなら私が教えるまでもなく生菓子くらい――……」

「確かに作れます。でも、祖父の味を今一番忠実に再現できるのは、阿部さんなんです」

お願いします、と喜代治は膝に額がつくくらい深々と頭を下げた。

迫桜堂の跡継ぎにそんなふうに頭を下げられ、阿部は少々戸惑ったように視線を巡らせる。

喜代治は阿部の答えを待たず、頭を下げたまま続けた。

「阿部さんはとっくに独立してもいいくらい腕の立つ職人なのに、経験の浅い俺しか残っていないこの店にこんなふうに引き留めて、申し訳ないとは思ってます。でもせめて、祖父が戻ってくるまではここにいてもらえませんか」

喜代治の声に切実さがにじむ。傍《はた》で聞いている自分まで立ち上がって一緒に頭を下げてしまいたくなるくらい思い詰めた声に、本気で陽太が腰を浮かしかけたとき。

ふいに阿部が片手を持ち上げ、頭を下げ続ける喜代治に手を伸ばした。

「福治さんが帰ってくるまでと言わず、私はずっとここにいますよ」

さも当たり前のように言ってのけ、阿部が喜代治の背中を叩く。

「私は十五のときからこの店のお世話になってるんです。貴方《あなた》のお父さんの文治《ぶんじ》さんにも、もちろん福治さんにもよくしていただいた。何より私はこの店が好きで、離れようなんて思ったこともありません。独立なんて、考えたこともありませんでしたよ」

そこまで言われてやっと顔を上げた喜代治に、阿部は不器用に笑ってみせた。

「私にだってまだまだ福治さんの味を再現することなんてできませんが、できる限りのことはやらせていただきます」

まるで父親が息子にそうするように、阿部が喜代治の肩を叩く。喜代治は一瞬言葉に詰まったようだが、よろしくお願いします、とまた深く頭を下げた。

そんな二人のやり取りを見守って、陽太は無意識に詰めていた息をゆるゆると吐き出した。

そして、なんだか本物の親子以上に親子らしい光景だな、と密《ひそ》かに思う。

（……阿部さんて、いつもこうやって喜代治の背中を支えてきたのかな）

喜代治が若くして他界した友人の息子だからか。勤め先の跡取りだからか。それとも同じ菓子職人として放っておけないのか。理由は知らない。でも喜代治の背に添えられた阿部の頑強な手は、随分と温かく、優しく陽太の目に映った。

（阿部さん……いい人だ――……）

阿部さんに幸多かれ、と陽太がひとり胸を熱くしている間に、喜代治と阿部はすっかり職人の顔に戻って今後の相談など始めたようだ。

「まずはすぐ、先方にご連絡して上生菓子を食べていただきましょう。茶会まで一週間ほどありますから、材料の調達も間に合うと思います」

「そうですね……ただ、茶会の二週間後には商店会長に頼まれている新商品を完成させていないといけないので、かなり過密スケジュールになると思います」

「確かに……お中元の時期が終わっているのが幸いですが、それでも上生菓子の納入と新商品の試作を並行して行いながら店を開けるとなると、圧倒的に人手が足りませんね……」

深刻な声音で呟かれたその言葉が耳に飛び込むや否や、陽太は考えるより先に天井に向かって片手を突き上げていた。

「はい！　夏の間、俺が迫桜堂のアルバイトに入ります！」

突然話に割って入ってきた陽太を、喜代治も阿部もぎょっとした顔で振り返る。

名案、とばかり顔を輝かせて陽太が二人の反応を待っていると、すぐに喜代治が困惑顔で首を横に振った。

「……正直、申し出はありがたいがな……お前だって店の手伝いがあるだろう」

「だったら日替わりとか午前と午後で分けるとか、やり方だったらいろいろある」

「それじゃあお前の体が――……」

まだ何か言い募ろうとする喜代治を、陽太は強い口調で一蹴《いっしゅう》した。

「爺ちゃんがいない状態で上生菓子の納品して、新商品も期限までにきっちり作って、ついでに従業員が足りないのに店も通常営業しなきゃいけないお前に、他人のことまで気遣ってる余裕なんかないだろ！」

話はこれまで、とばかり陽太は固く口を引き結ぶ。それでも喜代治はしばらく逡《しゅん》巡《じゅん》していたが、隣に立つ阿部に目配せされ、ようやく思い直したように小さく頷いた。

「……そうだな。確かにそんな余裕なさそうだ。お前には悪いが、世話になる」

よし！　と陽太は掌で膝頭を叩く。こちらはもう、すっかり臨戦態勢だ。

その後三人で軽く今後の予定を話し合うと、阿部は一足先に厨房へと戻っていった。その後ろ姿を見送って、喜代治が再び陽太の向かいに腰を下ろす。

陽太の前で一度長い長い息を吐くと、喜代治はゆっくりと陽太に頭を下げた。

「――……ありがとう」

改まったその態度に、陽太は思わず絶句する。喜代治とは長いつき合いだがこんなふうにしっかりと頭を下げられたのは初めてで、どう反応していいかわからない。その上再び顔を上げた喜代治の頬が赤く腫《は》れているのに気づいてしまい、直前に自分が手加減もなく喜代治を叩いたことを思い出して陽太は一層しどろもどろになった。

「礼なんて言われるようなこと、してねぇけど……それより、あの……頬……」

うっすらと掌の形すら見えそうなそれにさすがに申し訳なさが込み上げ、陽太は小さく、ごめん、と呟く。だが、喜代治は頬の痛みなど感じさせない顔で笑って首を振った。

「おかげで目が覚めた。それも含めて、礼を言ってる」

喜代治はさっぱりとした顔でそんなことを言うものの、やはり赤く腫れた頬は痛々しい。

言葉以外に詫《わ》びる方法はないかと視線をさまよわせていると、傍らに小さな紙袋があることに気がついた。そういえば、出がけに手土産くらい持っていけと節子に言われてひったくるように手にしてきたものだ。

すっかり出すのを忘れていたそれを、陽太はぶっきらぼうに卓袱台の上に置いた。そして、喜代治から微妙に視線を逸らして言う。

「でも、やっぱり殴ったのはどうかと思うから、詫びの印にやる。どうせお前のことだから、爺ちゃんが入院してから飯もまともに食ってないんだろ。腹が減ってるとろくでもないことばっかり考えるんだから、それでも食ってろ」

後半からどんどん早口になってしまったのは、陽太なりの照れ隠しだ。そんなことはもうとうに承知しているのか、喜代治は素直に紙袋を受け取って中を覗き込んだ。

「クッキーと……マフィンか。お前が作ったのか？」

別に選んでそうしたわけではないが確かにそれはどちらも陽太の焼き上げたもので、陽太は無言のまま首を縦に振る。喜代治は早速透明な袋に入ったマフィンを取って封を開けると、どこか懐かしそうな口調で言った。

「……こういうどん詰まりにお前の菓子をもらうのは、二度目だな」

自然と、陽太の視線が喜代治に戻った。喜代治がなんのことを言っているのかまるでわからなかったからだ。

菓子なら昔から何度となく喜代治に差し入れてきたはずだが、どん詰まりだの二度目だの、一体いつの状況を言っているのか見当がつかない。なんのことだと尋ねる代わりにジッと喜代治の顔を見ていると、その視線を受けて喜代治が苦笑を漏らした。

「焦げまんじゅうなんて人の覚えていて欲しくないことは覚えてるのに、そっちは忘れてるのか」

そっちってどっちだ、と本格的に陽太が眉を顰めると、同時に喜代治がマフィンに齧《かじ》りついた。大きな一口でマフィンを頬張った喜代治は、ゆるりと目を細める。

「……相変わらずお前は、食うと目の前がパッと開けるような、華やかな菓子を作るな」

うっ、と陽太は声を詰まらせる。なんだか今、喜代治に手放しに褒められたような気がするのだが気のせいなのか否か。

（……お前こそ、昔から食うと勝手に顔が笑っちまうような菓子作ってるだろうが……）

そんなようなことを言おうかとも思ったが、今更面と向かって幼馴染みの作る菓子を褒めるのは気恥ずかしく、何より喜代治ほど上手い言い回しも思いつかなそうだったので陽太はひたすら押し黙る。

気がつけば、障子越しに射し込む日の光はすっかり茜《あかね》色に変わっていた。

その光に照らされてか、あるいは別の理由なのか、喜代治が菓子を食べ切るのを待つ間、陽太の頬や耳はいつまでも赤く色づいたままだった。

翌日から早速、陽太は椋の木の家と迫桜堂を往復する生活を始めた。

陽太の両親は事の次第を聞くと、手放しで迫桜堂の手伝いに行くことを了解した。とはいえ、椋の木の家も陽太が抜けると仕事が儘《まま》ならなくなってしまうので、基本は午前と午後に分けて陽太は互いの家を行き来することとなった。さらに、椋の木の家と迫桜堂の定休日は異なるので、どちらかの店が休みのときはもう一方の店にフルで入ることになる。実質休みはなしの状態だ。

とんでもない激務だったが、陽太は音を上げようとしなかった。

体力の限界を感じつつも陽太が踏ん張れた理由のひとつは、喜代治も同等か、それ以上に切迫した状況であることを理解していたから。そしてもうひとつは、単純に和菓子店の厨房で仕事をするのが面白かったからだ。

洋菓子と和菓子では同じ菓子でも製造工程が異なる。そんなことは十分理解していたつもりだったが、実際厨房に入ってみるとまるで実感の度合いが変わった。

まず迫桜堂では、毎朝材料のチェックを行う。

材料といっても多々あるが、中でも餡の原料となる小豆は厳重だ。同じ小豆で作った餡でも、小倉餡、漉《こ》し餡、中割餡、最中《もなか》餡と、砂糖の量や製法によって違う種類の餡になる。店頭に並ぶほとんどの菓子にはそれらが使われているのだから、自然と見る目も厳しくなる。

これまでずっと福治の行ってきた材料チェックを務めるのは、喜代治だ。

喜代治は毎朝小豆の入った袋に手を入れ、両手で豆を掬い取りざらざらと掌から豆をこぼす動作を繰り返して豆の色や形、重さなどを確認する。

その真剣な眼差しを横目で見つつ、あれは小麦粉やバターなど基本の素材を見極めているようなものだろうかと陽太は思う。

とはいえ陽太の家では、基本の材料に対してこうも厳しいチェックを毎日行うことはない。ケーキの上に飾りつけるような果物ならば話は別だが、バターや牛乳なら信頼できる業者さえ見つけてしまえば仕入れのたびに著しく味が異なることは少ないからだ。

和菓子と洋菓子の違いはそうした作業の相違にとどまらず、使用する材料にも波及する。中でも陽太が驚いたのは、カステラを作っていたときのことだ。

カステラならばスポンジケーキとさほど変わらないだろうと手際よく作業を進めていた陽太は、膨らし粉を入れる段になって手を止めた。

「喜代治、ベーキングパウダーなくなりそうなんだけど補充あるか？」

同じく厨房で作業をしていた喜代治が不思議そうな顔で振り返り、ベーキングパウダー？と馴染みのない言葉のように繰り返すものだから、陽太は手にしていた粉を掲げてみせた。

「ああ、イスパタのことか」

「え……っ、イス……？　膨らし粉じゃなかったのか？」

もう入れちゃったぞ、と慌てる陽太を宥《なだ》めるように、喜代治が軽く手を上げる。

「大丈夫だ、イスパタも膨らし粉の一種だから」

「じゃあ、名前が違うだけでベーキングパウダーと同じ……？」

「いや、重曹をベースにしてるのは一緒だが、ちょっと成分が違う。ベーキングパウダーは焼き菓子用で、イスパタは蒸し菓子によく使われてる」

「……わざわざ焼きと蒸しで変えなくちゃいけないくらい違うもんなのか？」

「それほどでもないが……イスパタの方が膨らむ力が強いから蒸し菓子に向いてる。ベーキングパウダーでも作れないことはないが、口当たりがちょっとぼそぼそするな」

そんな話を聞いて、陽太は初めて芯《しん》から和菓子と洋菓子の違いを理解した気がした。

ベーキングパウダーにしろイスパタにしろ、重曹が主成分で粉ものを膨らませるものであるのは違いない。でも、焼くか蒸すかで少しずつその調合は変わる。スポンジケーキもカステラも同じような材料で同じように作っているが、やっぱり和菓子と洋菓子は別物なのだ。

似て非なる、と、頭で理解するのではなく肌で感じ、単純に洋菓子の素材に和菓子のそれを混ぜただけでは決して融合しないのではないかと初めて思った。二つの異なる様式を持つ菓子を調和させるには、もっとずっと綿密な調整が必要なのだ。

そう気がつくや、陽太は作業の手は止めないまま喜代治の背中に声をかけた。

「喜代治、白餡パウンドケーキの生地に使ってる砂糖、変えてみないか」

肩越しに喜代治が振り返る。陽太はその目を見上げひたむきな口調で続けた。

「なんの疑問も持たずにいつも通り上白糖使ってたけど、もしかすると他の砂糖の方がいいかもしれない。もう少し和菓子に合うような……黒糖とか？」

これまで、まず洋菓子ありきで話を進めようとしてきた陽太が初めて和菓子に歩み寄るような発言をしたものだから、喜代治は小さく目を見開く。だが、そんな喜代治の反応にも、自分の変化にすら陽太はまったく気づいていない。

どうだ、と喜代治の反応を待つ陽太に、喜代治は一呼吸おいてから答えた。

「黒糖だと、さすがに砂糖の風味が前面に出すぎるだろう。でも、三温糖とか和三盆あたり使ってみたら面白いかもしれないな」

「そうか！　あと、日本酒も銘柄とかによって味が変わってくるよな？」

「そうだな……今度商店街の酒屋に行ってみるか。事情を話せば味見くらいさせてくれるかもしれないし」

うんうん、と頷きながら、陽太は勢いよくボウルの中身をかき混ぜる。

ここにきてやっと、新商品の方向性が見えてきた気がした。その上で喜代治と、ああでもないこうでもないと菓子のことについて話し合うことができる。

そんなことがわくわくするほど楽しくて、おかげで陽太は通常なら到底耐えきれないだろうと思われる激務の日々も、さほど苦もなく乗り切ることができたのだった。

福治が入院してから、十日が過ぎた。

相変わらず阿部以外の職人たちは長期休暇をとったままだったが、陽太と喜代治、それから阿部の奮闘のおかげで迫桜堂はなんとか通常営業を続けている。

茶道の先生に納入する予定だった上生菓子は、早々に先方から了承をもらうことができた。喜代治と阿部が腐心して作り上げたかいあって、『こんなときでも迫桜堂さんの味は変わらないのね』と相手に言わしめたそうだ。迫桜堂の職人の面目躍如といったところか。

新商品の試作については、閉店後の仕込みを終えてからさらに厨房に立つほどの余力は今の二人に残っていないので実際に菓子を作るところまではいかないが、迫桜堂の厨房で作業の傍ら相談を重ねているおかげで、大分新しい案もまとまってきたところだ。

後はもう、福治が目を覚ますのを待つばかりとなったある日。

営業時間を終えて店の明かりを消した陽太は、シャッターを下ろすために商店街の通りに出て、迫桜堂の店舗の奥からうっすらと光が漏れているのに気がついた。

(もう明日の仕込みでも始めてんのかな……?)

今日はすでに午前中に迫桜堂の手伝いに入っていた陽太だが、もし忙しいのなら今からでも手伝いに行ってやろうかと、通りを横切って店の脇に入った。

店舗と隣家の間にある狭い道を歩いていくと、厨房に直接続く扉が現れる。遠慮もなくその戸を開くと、そこに調理服を着た喜代治がいた。

調理台に両手をついて真上から何かを熱心に見詰めていた喜代治は、顔を上げて陽太の姿を認めると驚くでもなく軽く片手を上げてみせた。もうすっかり、迫桜堂の厨房に現れる陽太の存在に慣れてしまった様子だ。

「明日の仕込みしてるんだったら、手伝うか？」

後ろ手で扉を閉めながら陽太が尋ねると、いや、と喜代治は首を振った。

「仕込みじゃなくて、上生菓子の試作をしてるだけだから大丈夫だ」

言われてみると、調理台には目にも鮮やかな生菓子が並んでいる。

色とりどりの菓子に瞳を輝かせたのも束の間、すぐに陽太は怪訝《けげん》な表情になった。

「あれ、でもお茶の先生からはもうお前の菓子で問題ないって了解もらってるんだろ？」

「そうなんだが、もう少し改良できないかと思ってな」

これまでも寝食を惜しんで試作を繰り返してきただろうに、なおもストイックに完璧《かんぺき》を目指そうとする喜代治に感心しつつ、陽太は調理台に並んだ生菓子に視線を戻した。

夏の茶会で使われるものだからか、夏にちなんだ造形の菓子が多い。薄紅色の花びらに黄色の花弁を抱いた椿の花に、柔らかな紫色の桔梗《ききょう》の花。透けるような水色の練りきりに白の斜線が引かれた菓子は、涼風を表現しているのか、あるいは清流かもしれない。どちらにしろ色も形も繊細で、食べてしまうのがためらわれるくらいだ。

感嘆の溜息をつく陽太を見て、喜代治が小さく笑う。

「なんなら味見してみるか？」

長いこと舐めるように菓子を見回していた陽太がかばりと顔を上げる。いいのか、と目顔で尋ねると、喜代治はもちろんというように軽く頷いた。

「じ……じゃあ、遠慮なく……」

「ああ、忌憚《きたん》のないご意見を頂戴したいところだな」

「言われなくたってお前相手にお世辞とか言うわけないだろ」

軽口を叩きながらも陽太の目は忙《せわ》しなく菓子の上をさまよう。揃いも揃って細やかな作りで、本当にどれをつまもうか迷ってしまう。長いこと悩んだ末、陽太は小さな花弁が寄り集まった、薄水色の紫陽花《あじさい》の菓子に指を伸ばした。

掌に収まってしまう小さな生菓子を、贅沢《ぜいたく》にもぱくりと一口で頬張る。

小豆餡、練りきり餡、葛の三層からなる菓子は、口の中で滑らかに溶けて消えていく。口に入れた瞬間は葛のつるりとした食感が際立って、いかにも夏らしい仕上がりだ。

「……美味い」

思うよりも先に、声が出た。だが、それ以上の言葉は出てこない。口を開けたら風味が逃げてしまいそうで惜しい気がして何も言えなかった。

無言で陽太が咀嚼を繰り返していると、やおら喜代治が厨房の片隅から小さなタッパーを取り出してきた。そして調理台の上に並んだ上生菓子を次々とタッパーに詰め始める。

「よかったら、持ってけ」

「えっ！　い、いいの⁉」

自分でも現金だと思うほど声を跳ね上げた陽太を見て、喜代治が苦笑を漏らす。ほら、と喜代治がタッパーを差し出してきて、陽太は嬉々としてそれを受け取った。

「少しは和菓子嫌いも改善されたか？」

満面の笑みで手の中のタッパーを見ていた陽太は一瞬喜代治の言葉を理解しかね、数秒経ってからやっと自分がここ数年和菓子を避けてきたことを思い出した。そういえばつい先日も、近所の女子高からやってきた新聞部の前で和菓子は苦手だと言ったばかりだ。

「いや、別に……嫌いとは言ってないだろ……？」

さすがに気まずくなって口の中でぼそぼそと反論した陽太だが、別段喜代治は陽太を責めたいわけでもないらしい。微苦笑をこぼすにとどめ、それ以上は何も言わない。

だから陽太は誰に聞かせるともなく、胸の中でだけ反論を続ける。

（大体和菓子を食べなくなったのだって、喜代治と喧嘩して迫桜堂に行かなくなったからであって、決して和菓子を嫌いになったからじゃ——……）

そんなことを考えていたら、ふと前回椋の木の家で喜代治と交わした会話が蘇った。

（そういえば結局、昔喜代治と喧嘩した理由ってなんだったんだっけ……？）

椋の木の家の厨房で、喜代治が真剣な面持ちで詰め寄ってきたのを思い返す。喜代治は高校時代急に陽太の態度がおかしくなったようなことを言っていたが、そうだったろうか？

よく覚えていない。でも確か、卒業間近の二月、とか言っていたか。

（……二月？）

二月に何かあったろうかと陽太が首を傾げたとき、厨房の奥の自宅から電話の音が響いてきた。悪い、と片手を上げ、喜代治が身を翻して自宅へ向かう。その後ろ姿を見送りながら、陽太はもう一度記憶の糸を辿る。

二月、真冬、卒業間近。

（なんだっけ――……）

タッパーを手にしたまま陽太が天井を見上げていると、ふいに自宅の方から慌ただしい足音が近づいてきて、喜代治が厨房に駆け込んできた。

喜代治は陽太の顔を見るなり、厨房中に響き渡るような大きな声を張り上げた。

「爺ちゃんの意識が戻った！」

陽太は大きく目を見開くと、次の瞬間、文字通りその場に飛び上がった。

「マジか！　今の電話、病院からか⁉」

「ああ、今すぐ病院に行ってくる！」

言いながら慌ただしく喜代治が調理服を脱ぎ捨てる。そのまま厨房を飛び出そうとした喜代治の腕を、すんでのところで陽太が摑んで引き留めた。そして、振り返った喜代治の手に先程受け取ったばかりのタッパーを握らせる。

「病院行くなら持ってけ！　それで爺ちゃんに味見てもらえ！」

タッパーには、喜代治の作った上生菓子が入っている。喜代治は一瞬虚を衝《つ》かれたような顔をしたものの、すぐに力強く頷くとそれを摑んで厨房から駆け出した。

陽太はひとり厨房に残り、遠ざかっていく足音に耳を傾ける。

本当は喜代治と一緒に病院に駆けていきたかったが、できなかった。膝がガクガクと震えて、とても走り出せる状態ではなかったのだ。

自分は今まで一度も福治が帰ってくることを疑っていなかったはずなのに。福治が目を覚ますのは当たり前だと思っていたのに。それなのに、福治の意識が戻ったと聞いた途端、安《あん》堵《ど》で体中の力が抜けた。

(…………よかった)

調理台の端を摑んで足を踏ん張っていなければ、その場に崩れ落ちてしまいそうだ。

よかった、と今度は口に出して呟く。

声は掠《かす》れて、ほとんど涙声に近かった。

深夜、陽太の自宅に一本の電話が入った。病院から喜代治がかけてきたものだ。

意識が戻ったとは聞いたものの容体までは知らされていなかったので、最初こそ緊張した面持ちで喜代治の言葉に耳を傾けていた陽太だったが、すぐにその横顔が安堵で緩んだ。

福治は特に後遺症もなく意識もしっかりしているそうで、自宅に戻れる日もそう遠くないという。そして看護師の目を盗んで喜代治が菓子を差し出すと、こんなときまで菓子か、と笑ったそうだ。

まだ意識が戻ったばかりなのでほんの少しだけ菓子を口に含むことしかできなかったそうだが、それでも福治はしっかりと喜代治の作った菓子を味わい、及第点、とだけ言ったらしい。

「病人とはいえ、さすがに爺ちゃんは甘くないな」

喜代治の報告を聞いて笑い混じりに陽太が言うと、受話器の向こうで喜代治も笑った。

『病気で弱気になって、もう教えることはないなんて言われるよりずっとましだ』

「そりゃまぁ、確かにそうだな」

取り立てておかしな会話をしているわけでもないのに、声には後から後から笑いがにじむ。福治に大事がなくて嬉しいのと安心したので笑いが止まらない。

受話器から聞こえてくる喜代治の声も、ここ数日の中で一番穏やかだ。

しばらく取り留めのない会話を繰り返していたら、ふいに喜代治が沈黙した。どうしたのかと陽太が耳を澄ますと、低い、静かな声が流れてきた。

『……ありがとう』

いつか、喜代治の自宅でも聞いた台詞。福治が倒れた直後、店を閉めようとした喜代治を張り手で引き留めたときにも言われた台詞だ。

でも、あのときよりももっと深い、万感の思いを込めたようなその声音に、陽太の胸に何か熱いものがこみ上げてくる。それでうっかり、憎まれ口を叩くのも忘れて、うん、と小さく頷くことしかできなかった。

受話器の向こうでは、相変わらず沈黙が続いている。もしかすると喜代治も同じ気持ちで受話器を握り締めているのかもしれない。

外では夏虫がひっきりなしに鳴いている。

受話器を押し当てた耳元が、なんだかやけに熱かった。

入道雲も盛夏の勢いを誇るかのように青空に広がる、八月の半ば。

喜代治と阿部はたった二人で、一度はキャンセルした茶会の上生菓子の納入を無事終えた。茶会での菓子の評判は上々で、しっかり次回の約束も取りつけられたそうだ。

また、福治の回復を聞きつけ、暇をもらっていた職人たちも少しずつ店に戻ってきているらしい。一番大変なときに店を離れておいて、福治が目を覚ましたとわかった途端戻ってきた職人たちを再び厨房に入れるのかと陽太は憤ったが、喜代治は俺の腕が及ばなかったのが悪い、と一言で片づけ、あっさりと受け入れてしまった。

実際のところ彼らが戻ってきてくれたおかげで迫桜堂の人手不足は解消され、通常の勤務体制に戻れたとはいえ、やっぱり陽太は納得がいかない。彼らには彼らの事情があり、それを許す迫桜堂には迫桜堂のルールがあるのだろうが、そんなことは部外者の陽太の知ったところではないのだ。だから陽太は福治が帰ってきたら、阿部を除く職人たちに差し入れと偽り、嘘みたいに不味い洋菓子を振る舞ってやろうともくろんでいる。

そんなわけでようやく通常業務に戻った陽太は、今日も今日とて退屈な午後の店番に立っている。

真夏の昼下がりは商店街全体がうだるような暑さで活気を欠いて客足も遠退くのだが、特に今日は人が来ない。というのも、今日は朝からバケツをひっくり返したような土砂降りの雨で、雨脚は午後を過ぎても弱まる気配が一向にないからだ。

ショーケースに肘をつき、陽太はぼんやりとガラス越しに店内から商店街を見やる。道路に溜《た》まった水たまりを雨が激しく叩いて、地面には絶えず飛沫《しぶき》が上がっている。

「まるで台風みたいな降り方だね」

誰もいない店内で欠伸《あくび》を噛み殺したら、後ろからのどかな声が響いてきた。振り返れば、いつの間にやら薄いピンクのエプロンをつけた弘明が陽太の後ろに立っている。

「お客さん、来た？」

「全然。朝は会社に行く途中でパン買ってく人もいたけど、その後はさっぱり」

陽太の返答に、この雨じゃね、と弘明は肩を竦める。そして、乾いた掌で慈しむようにショーケースを撫でた。

「今日は少な目にケーキを焼いておいて正解だったかな」

陽太もつられてケースに視線を落とす。今日はほとんどケーキを買う客はいなかったはずだが、中にはごく少数のケーキしか残っていない。

椋の木の家でケーキを焼くのは弘明の仕事だが、その種類や数を決めるのもまた、弘明だ。だから弘明は毎日天気予報やカレンダーをチェックして、今日はお天気がよさそうだから多目に作ろう、明日はお給料日の会社が多そうだからちょっと華やかなケーキを置こうと毎日マメに店に出す商品を検討している。

おかげで椋の木の家は、廃棄処分というものが極めて少ない。それはひとえに弘明の細やかな気配りと、食べる物を無駄にしたくないという殊勝な心持ちのなせる業だ。

ただケーキを焼くだけならば陽太にもできるが、こういう読みができるようになるまでには、まだまだ途方もない時間がかかるのだろう。

（俺も、もしも親父が倒れたりしたら、福爺が倒れたときの喜代治みたいに店の進退について考え込んだりしたかな……）

ふとそんなことを思った陽太だが、すぐに母の節子が息子の尻《しり》を叩いてでも店を盛り立てていくだろうと思い直して苦笑をこぼした。

（でもまぁ、爺ちゃんの退院もそう遠くないっていうし、そしたら菓子でも差し入れよう）

一度は出ていった職人たちにどんな不味い菓子を食わせてやろう、と画策しながら陽太は向かいの迫桜堂へと視線を向け、軽く目を見開いた。

この土砂降りの雨の中、迫桜堂の軒先にぽつんとひとつ傘が開いている。

迫桜堂の紺の暖簾の前で、深緑色の傘が畳まれる。随分と渋い色合いの傘の下から姿を見せたのは、傘とはちょっと不似合いな、セーラー服を着た女子高生の姿だ。

（あれ……あの子、もしかして……）

あまりに雨がひどいので、ほんの数メートル先すらけぶってよく見えない。それでも相手が店に入る直前、その肩先から二本に結った三つ編みが見えた気がして陽太は確信する。

おそらく彼女は、以前椋の木の家に取材でやってきた新聞部員だ。そしてこんな悪天候にもかかわらずわざわざ迫桜堂を訪れたのと二本の三つ編みとで、和菓子が大好きだと言っていた綾乃だと目星をつける。

「こんなお天気なのに、迫桜堂さんのところにはちゃんとお客さんが来てるんだねぇ」

弘明も綾乃の姿に気づいたらしい。感心したようにしきりと頷いている。

「だからって、わざわざこんな雨の中来ることもない気もするけど……。よっぽどまんじゅうでも食いたくなったのかね。甘味にかける女子高生の情熱って凄ぇな」

「いや、むしろこんな天気だからわざわざ来たんじゃないかな？」

意味深長な弘明の言葉に片方の眉を上げ、どういう意味かと陽太は振り返る。弘明はなぜか楽しそうに笑って、いっそ現役の女子高生もやりそうもない、顔の横で人差し指を立てるというポーズをして言ってのけた。

「この雨じゃ他にお客さんがいないだろうから、ゆっくり喜代治君とお喋りできると思ったんじゃないかな？　喜代治君、男前だから」

まさか、と笑い飛ばそうとしたが、すぐにさもありなんという気分になった。確かに喜代治はなかなかの美丈夫だ。女子高生がころりとやられてしまっても不思議ではない。

（でもあの子、最初から和菓子が好きだって……）

いや、もしかするとあれは単純に和菓子が好きということではなく、喜代治の作る和菓子が好きだという意味だったのかもしれない。

実際のところどっちだったのだろう、と思いがけず本気で陽太が考え込んでいると、ふと横顔に視線を感じた。隣を見ると、弘明が実に楽しそうな顔で笑って陽太を見ている。

「喜代治君だけモテちゃうと、やっぱり対抗心湧《わ》く？」

「へ…っ…!?　いや、別に俺は……っ」

「本当？　学生の頃、陽君いつも喜代治君と張り合ってたじゃない。バレンタインでもらったチョコの数とか比較しちゃってさ」

「してないって！　大体俺、チョコとかもらったことないし！」

もらうとしてもせいぜい、同じクラスの女子がからかい半分で駄菓子みたいなチョコをくれる程度で、見た目から一発で本命とわかるような包装されたチョコを受け取るのはいつも喜代治ばかりだった。

赤い包装紙に金色のリボン。ハートの柄の透明フィルム、それから先程綾乃が差していた傘のような、深緑の和紙に臙脂《えんじ》の組紐《くみひも》――……。

パッと頭に浮かんだ、バレンタインの贈り物とは思えないイメージに陽太は目を瞬かせる。随分鮮明に思い浮かんだが、実際そんなものを喜代治は受け取っていただろうか。

（……和紙に組紐……バレンタイン……？）

なんとなく、引っかかる。だが思い出せない。喉に小骨でも刺さった気分で、首元に手を当てて陽太が記憶を掘り返していると、再び迫桜堂の戸が開いた。

暖簾の奥から現れたのは、やはり綾乃のようだ。買ったばかりの和菓子が入っているのだろう白いビニール袋を手にしている。続いて、喜代治も暖簾をくぐって店から出てきた。

喜代治が店の外まで客を見送るのは珍しい。こんな雨の日にわざわざ訪れてくれたからか、それとも前回取材を受けた親しさからか。遠目で様子を見ている陽太にはわからない。

庇の下にいてもなお雨の飛沫を受けそうなのに、二人は外に出てからもしばらく言葉を交わしていた。これもまた、あまり饒舌でない喜代治にしては珍しいことだ。

ややあって、ようやく話を終えたのか綾乃が軒先で傘を開く。女子高生が使うにしては味気のない深緑の傘は、けれどきっぱりと前を向いて歩く綾乃によく似合っていた。

喜代治はそんな綾乃の姿を長いこと見送ってから、やっと店の中に戻っていく。その様を、陽太はほとんど無意識に、息を詰めて見守ってしまった。

ハッと我に返って横を向くと、やっぱり弘明がにこにこと笑ってこちらを見ていた。とっさに弁解をしようと思ったが、何をどう言い繕ったらいいのかわからない。たった今、喜代治と綾乃のやり取りに目を奪われてしまったのはまぎれもない事実だ。

ならばいっそごまかすのはやめようと、陽太は身につけていたエプロンを脱いだ。

「親父、俺ちょっと休憩に入ってもいい？」

「もちろんいいよ。最初から交代するつもりで来たんだから」

陽太はエプロンを弘明に手渡すと、自宅に続く厨房には向かわず、ショーケースを回って売り場へと出た。そして店の出入口から外に出ると、土砂降りの雨の中、向かいの迫桜堂目指して一気に駆け出した。

雨音に混ざって、「陽君！　傘、傘！」という弘明の悲鳴のような声が聞こえた気がしたがこの近距離なら傘を取りに自宅へ回る時間の方が惜しい。

迫桜堂の軒下に駆け込むと、髪についた雨を首振りひとつで払い落として陽太は暖簾をくぐる。戸を開けると、ショーケースの向こうに藍色の作務衣を着た喜代治がいた。

肩についた雨粒を拭いながら店内に入ってきた陽太を見て、喜代治は明らかに驚いた顔をした。どうした、と真顔で尋ねられ、陽太は肩先をむやみに払いながら不明瞭に呟いた。

「……菓子、買いにきた」

「……この雨の中を、わざわざか?」

それを言うなら綾乃だって、と言いかけて直前で止めた。代わりに別の言葉を口にする。

「爺ちゃんの具合は?」

「ああ……爺ちゃんなら大丈夫だ。今朝《けさ》見舞いに行ったら、大分顔色もよくなってた」

どうやら喜代治は、陽太が菓子を買う口実に福治の様子を尋ねにきたのだと了解したらしい。実際福治の容体も気になっていた陽太は、喜代治の返答にほっと肩の力を抜いてショーケースの前に立った。ケースの中にはまんじゅうや串団子、羊羹などの通年店に置いてある菓子の他に、夏らしく水羊羹やくずきりも並んでいる。

それらを目で追っていた陽太の視線が、ふいに止まった。ケースの下段端にひっそりと置かれているわらび餅に、なぜか視線が釘《くぎ》づけになる。

ほぼ均一に四角く切られたわらび餅には、たっぷりときなこがまぶされている。

(……きなこ)

口の中で呟いたら、また何かを思い出しそうになった。

目の裏で、きなこの淡い黄色と、先程綾乃が差していた傘の深緑が混ざり合う。

(なんだろう——……)

「わらび餅か？」

ケースの中を凝視したまま陽太がいつまでも動かずにいると、視線の先を追ったのだろう、喜代治が陽太の向かいに立って声をかけてきた。

我に返った陽太がとっさに首を縦に振ると、喜代治は苦笑混じりでその場に屈《かが》み込んだ。

「何をそんなに鬼気迫る目で菓子を見てるんだ。一パックでいいか？」

ケースの裏に喜代治の体が隠れ、束の間その顔が見えなくなる。喜代治の問いに上の空で頷きながら、陽太はさり気なさを装って切り出した。

「……そういえば、さっき新聞部の女の子来てただろ？」

「うん？　ああ、見えたか？」

「お、おう、たまたまな。……それにしても、こんな雨の日までわざわざ来るなんて、よっぽど好きなんだな」

「何がだ？」

ケースの後ろから喜代治がひょいと顔を出す。中腰の状態で顔を上げたからか、いつもは見上げる場所にある喜代治の顔がちょうど陽太の目線と重なる。

「和菓子が」と答えるつもりだった陽太は、喜代治の端整な顔を真正面から見た途端「お前が」と言葉を変えてしまいそうになり、大慌てで首を振った。

「わ、和菓子がだよ！　和菓子！」

「ああ、そうだな、よっぽど好きなんだろうな」

不自然に声を荒らげた陽太の反応を気にする様子もなく、けろりとした顔で喜代治は頷く。

陽太は自分が一体何にこんなにも動揺しているのかわからず、けれどその動揺を喜代治に知られるのは嫌で、店内のあちこちに視線を巡らせながら口早に言葉を重ねた。

「それにしても、あれだな！　今どき女子高生で和菓子が好きとか珍しいよな！　お菓子好きって女子高生は多いけど大体それって洋菓子のことだろ？　和菓子ってなんかこう、爺むさいっつーか華やかさに欠けるっつーか、洋菓子の方が若い子向けだろ！」

（ああ、俺なんかまた喜代治に喧嘩売るようなこと言ってんな……！）

言葉の途中からすでに後悔に苛《さいな》まれながらも、陽太は妙な既視感を覚える。

なんだか以前にも、喜代治とこんな会話をしたような覚えがあった。

和菓子なんて。洋菓子の方が。比較にもならない、泥沼の堂々巡り。胸中は後悔で満たされているのに、どうしても口が止まらない。

これは一体いつの記憶だろうとふつりと口を噤んだところで、ショーケースの向こうに立つ喜代治と目が合った。

喜代治は透明な容器に入ったわらび餅を手に、どこか呆れた顔で笑って、こう言った。

「またか？」

また。

やっぱりこういう会話は以前にも喜代治としたことがあるんだ、と思った瞬間だった。まるで脳裏に稲妻でも走ったように、過去の記憶が蘇った。

あっ、と短い声を漏らしたが最後、陽太は指一本動かせなくなる。

頭の中で、目まぐるしくいろいろな時代のいろいろな場面が再生される。

深緑の和紙に臙脂の組紐、綾乃の傘とわらび餅。高校の屋上、卒業間近の二月。

喜代治の手の中の、チョコレートの山。

それらの映像が凄まじい勢いで時系列順に並び替えられ、陽太は大きく口を開く。もしも喜代治が「どうした?」と声をかけてくれるのがあと一瞬遅かったら、店中に響き渡る声で絶叫していたかもしれない。

怪訝な顔でこちらを覗き込んできた喜代治の顔を見てギリギリのところで絶叫を飲み込んだ陽太は、大慌てで喜代治の手からわらび餅を受け取るとジーンズのポケットに手を突っ込む。が、後先考えずに店を飛び出したので財布を持っていない。

「ああ、ご、ごめん、俺、財布忘れた……!」

「ん? じゃあ金はいい。どうせこの天気じゃ売れ残っちまうだろうし」

「そうはいかないだろ! すぐ持ってくる!」

「この雨の中往復したらずぶ濡《ぬ》れになるぞ。どうしても気になるなら、つけにしておいてやるから」

喜代治の申し出に、わかった！　と大きく頷くと、陽太はそのまま後ろも振り返らず迫桜堂を飛び出した。今はただ、一刻も早く喜代治の側《そば》を離れたい一心で。

外は相変わらずの土砂降りだ。商店街を横切るだけの短い距離でも、駆け抜けると頬を勢いよく雨粒が打つ。

(俺、なんで、なんで急に……⁉)

長く忘れていた、というよりも、意識的に思い出さないようにしていたとしか思えない記憶が唐突に蘇って陽太は混乱する。

高校三年。二月の冬空。昼休みの屋上。紙袋一杯のチョコレート。

なんで今まで忘れていて、なんで今更思い出すのか。

わからないまま、陽太は逃げるように椋の木の家に飛び込んだのだった。


高校三年の、二月。

製菓学校の入学も決まり、のんびりと過ごしていた高校時代最後の冬。

学校行事は卒業式を残すばかりで、クラスメイトたちも受験に忙しい。お祭り騒ぎ好きの陽太にとっては退屈すぎるそんな時期にやってきたのが、バレンタインデーだった。

受験も終わって暇を持て余していた陽太はバレンタイン当日、学校に手製の大きなチョコレートケーキを持っていった。特別な誰かに渡すためではなく、完全なウケ狙いで。

狙いは外れず陽太のケーキはクラスメイトたちの盛大な爆笑で迎えられ、その結果に満足した陽太は昼休み、いつものように屋上へ行って隣のクラスの喜代治と共に昼食をとりながら事の次第を面白おかしく話して聞かせた。喜代治は毎朝自分で作っているという弁当を食べながら、静かに微笑して陽太の話を聞いてくれていた。

「そういうわけで、これが俺の作ったケーキだ！」

「なんだ、まだ残ってたのか」

「残ってたんじゃなくてちゃんとお前の分だけ残しておいたんだよ。ほら、お裾分《すそわ》け」

購買部で買った焼きそばパンを片手に、陽太は大きなケーキボックスを喜代治の前に押し出す。箱の大きさに反して、中にはケーキが一切れ残っているのみだ。

喜代治は苦笑しながら弁当箱を閉めると、傍らから大きな紙袋を取り出した。

「それじゃあ、俺もお裾分けだ」

「え、お前も何か作ってきてんの？」

「いや、俺のは全部もらいもの」

紙袋の中を覗き込んで、あぁ、と陽太は合点したような声を上げる。袋の中に入っていたのは、色とりどりのラッピングが施されたチョコレートの山だ。

「今年も随分どっさりもらったなぁ。てゆか、今までで一番多くないか？」

どうかな、と喜代治が肩を竦める。その様子を見た陽太は、色男のくせに朴念仁め、と胸中で呟いて焼きそばパンにかぶりついた。

　喜代治がバレンタインデーにチョコレートを山ほどもらうのは毎年のことだが、どうにも本人は女子の注目を浴びているという自覚に乏しく、チョコをもらってもいまいちピンとこない顔をしている。そして毎年、食べきれないからと陽太にお裾分けしてくれるのだ。

「食いきれないいんだったらもらわなきゃいいだろ？」

「仕方ないだろう、下駄箱だの机の中だのに知らない間に突っ込まれてるんだから」

「女の子たちが一生懸命選んだものを他人にやっちまおうなんて、心無い……」

「だったら今年はお前に渡さないようにするか？」

「いや、ちょっと待て、これ凄《すご》い高級店の生チョコレートだぞ……！」

　これは食べたい！　と目の色を変えた陽太に、喜代治は笑ってチョコを差し出す。

　陽太が嬉々として包装紙をほどいていると、喜代治もやっと紙袋の中を覗き込んだ。

「なんか他にも有名な店のチョコとかあったらそれも食おう！」

「俺はお前みたいに包装紙を見ただけで店の名前までわからないぞ……ん？」

　がさがさと袋の中を探っていた喜代治の手が止まり、中から何かを取り出した。陽太も顔を上げると、喜代治が深緑の和紙で包まれた薄い長方形の箱を手にしている。

「うわ、また随分渋いラッピングだな」

　うん、と頷いて喜代治が膝の上にその箱を置く。箱は臙脂の組紐が丁寧にかけられていて、喜代治は指先でするするとそれをほどいていく。その様を陽太も一緒に見守ってしまったのは、ピンクやゴールドの華やかなチョコの中で明らかにその包装が異質だったのと、喜代治が自ら進んでバレンタインにもらったチョコを開けようとするのが珍しかったからだ。

箱を開けると、中から出てきたのはハート型のクッキーのようだった。茶色い生地に、白い粉砂糖がまぶしてある。

「なんだ、まんじゅうでも出てくるのかと思った」

思ったほど珍しいものでもなかったとすぐ目を逸らそうとした陽太とは対照的に、喜代治はしばらくじっと箱の中を覗き込んでから、おもむろに一枚を取り出して口に運んだ。

次の瞬間、喜代治が小さく目を見開く。

「——……和菓子だ」

再び高級店の生チョコの包装紙をほどこうとしていた陽太はその言葉に手を止め、思わず腕を伸ばして喜代治の膝の上にある箱からハート型のクッキーをつまみ上げた。

口に含んで、陽太も喜代治と同様目を見開く。それは想像していたさくっとした食感とは違い口の中でほろほろと崩れ、チョコだけでなく、何か香ばしい風味を残して消えた。

普通のクッキーとは違う。だが、どこかで食べたことのあるような味でもある。

陽太が首を傾げていると、喜代治がもう一枚クッキーをつまみながら呟いた。

「多分、きなこ棒みたいなものだ」

「きなこ棒って……よく駄菓子屋で売ってる、あの？」

「あれにココアの粉でも混ぜたのを、薄く伸ばして型抜きしたんだと思う」

言われてみれば確かに、食感も味もきなこ棒によく似ている。しかしあんなものが簡単に家で作れるのかと首を傾げる陽太に、喜代治はあっさりと頷いてみせた。

「鍋かなんかで煮立てたはちみつにきなこを入れて練り上げれば完成だ。……ただ、練るのには大分力がいるからな。俺だって骨が折れるのに、これだけの量をよく作ったもんだ」

感心したように呟いて、喜代治はしげしげと膝の上の箱を覗き込んだ。

そのとき。

喜代治がジッと箱の中を覗き込んだそのとき、陽太の胸の内側がざわりと波立った。

深緑の和紙と組紐で包まれた、きなこのクッキー。それを作った人物の本気のほどを、陽太は直感的に理解した。

（――……本気だ）

高い金を払って買った高級店の菓子よりもずっと、このクッキーを送ってきた人物は本気で喜代治を想《おも》っている。喜代治が毎年たくさんのチョコをもらうことを知っていて、その中からなんとか自分を見つけ出してもらおうと、こんな凝った包装をしてよこしたのだ。

そして何より、きなこのクッキー。

和菓子店のひとり息子である喜代治に、和テイストの菓子を送るなんて相当に勇気のいる

ことだ。普通だったら本職の人間にそんなものを渡すのは怯んでしまうところだが、この相手はそれをやってのけた。それだけ必死だったということだろう。

その必死さが功を奏して、喜代治はきなこのクッキーに多少なりとも興味を持っている。これまではチョコをもらってもほとんど自分で開けることすらしなかった喜代治が、自ら封を開けて二口、三口とクッキーを食べているのだから間違いない。

(やっぱり、箱の中にメッセージカードとか入ってんのかな……。相手の名前とか……わかっちゃったりするのか……?)

どくり、と心臓が妙な具合に脈打った。

喜代治も同じことを思ったのか、膝の上に置かれていた箱を持ち上げて何か探すような素振りをする。そして、傍らによけてあった包装紙に手を伸ばした。

その隙間に、白いカードのようなものを見た気がした。

直後、陽太は自分でも驚くほど大きな、弾《はじ》けるような声を上げていた。

「でもやっぱり、バレンタインといえばチョコだよな!」

突然大きな声を上げた陽太に驚いたのか、喜代治が包装紙に伸ばしかけた手を止める。その間に、陽太はべらべらと矢継ぎ早に言葉を重ねた。

「きなこはきなこで美味いけど、バレンタインは西洋のイベントだし洋菓子の方がしっくりくるだろ!　チョコとかケーキが主流で、和菓子はちょっと邪道な感じだな!」

「まぁ、バレンタインにまんじゅう渡すなんてのは聞いたこともないが、このクッキーくらいなら別に——……」

「いやいや、地味だろ！　こんな華やかなイベントなのに、和菓子じゃあまりにも華がないだろ！　そのクッキーに比べて、見ろよ俺の作ったケーキ！　チョコのコーティングなんてもう芸術的じゃねぇか！」

「でも、トリュフなんかは結構見た目地味なような気も……」

「トリュフは見た目が地味でも味が華やかだろうが！　洋菓子には和菓子にない華やかさがあるんだよ！」

それまで陽太の勢いに圧され漫然と会話を続けていた喜代治の顔が、初めて変わった。

「……和菓子には和菓子の華があるぞ？」

俄《にわ》かに険しくなった喜代治の顔を見た瞬間、しまった、と思った。

言葉が過ぎた。喜代治の大事にしているものまで踏みにじってしまった。そういう自覚はあったのに、陽太はもう自分の言葉を引っ込めるタイミングをすっかり見失っていた。

その後の会話は、もうよく覚えていない。

和菓子がいいとか洋菓子がいいとか言っているうちはまだよかったが、和菓子なんて洋菓子なんてと言い合うようになる頃には、二人の間に漂う雰囲気は決定的に険悪なものになってしまっていた。

言い争いをする間、陽太はすべての原因が自分にあることを痛いほど自覚していた。自分が言葉を間違えたのがすべての元凶なのは間違いない。

それでも陽太は謝らなかった。謝れなかった。

謝ってしまえば、どうして自分が言葉を選び間違えたのかというところまで釈明しなければいけなくなる。しかしその理由を陽太は上手く言葉にすることができない。というより、してはいけない気がした。

きなこのクッキーを受け取った喜代治が、その差出人に興味を覚えたような素振りを見せたとき、思いがけず自分が取り乱してしまった理由を考えるのが、怖かった。

その点に触れたくないばっかりに、陽太は最後まで強情に喜代治に謝らなかった。

次の日も、その次の日も、卒業式を終え、製菓学校に通うようになってからも、迫桜堂の向かいで毎日店に立つようになってからさえ。

謝らなかったのは、謝れなかったからだ。

忘れていたのは、思い出すのが怖かったからだ。

それなのに、なんの因果か今更当時のことを思い出してしまった。そして芋《いも》づる式に前後の状況も思い出した陽太は、自分の気持ちを正しく理解してしまった。

――――そして現在。

自室のベッドの中で寒くもないのに布団にくるまってぶるぶると震える陽太は過去を回想

し、ぎゃあ！　とひとりで悲鳴のような声を上げた。

（あれって……あれってつまりジェラシーってやつ⁉）

喜代治に彼女ができるかもしれない、と思った瞬間の焦燥とも絶望ともつかない感情を思い出し、ひぃっ、と陽太は喉を鳴らす。丸々五年も忘れていた分、記憶は真空パックで保存でもされていたように鮮明だ。

今も喜代治に彼女ができるところを想像しただけで泣きそうになっている自分に陽太は愕《がく》然《ぜん》とする。そういえばあのときも、喜代治の前でさんざん和菓子を悪《あ》し様に言いながら陽太は泣きそうだった。心にもないことを口にしている歯痒さやら、喜代治の表情がどんどん険悪になっていく胸の痛さやら、それでもなお喜代治の膝の上にあるきなこのクッキーやら、いろいろなものに追い詰められて悲鳴を上げそうだった。耐えられない、と思った。

それで自分は逃げたのだ。一番卑怯なやり方で、全部放り出して忘れてしまったのだ。

（だからって今頃思い出すとかマジでないだろ……！）

陽太は布団の中で頭を抱える。

やっと喜代治と昔の関係に戻りつつあると思っていたのに。学生時代のように、わだかまりもなく菓子の話などして笑い合えるようになると思っていたのに。

（これじゃわだかまりどころの騒ぎじゃなくなっちまうぞ……！）

どうして今更思い出したのかと陽太は自分を罵《ば》倒《とう》する。そして、思い出すだけにとどまらず、どうして自分の気持ちを自覚してしまったのかと。

（なんで喜代治が好きだとか気がついちゃったんだよ、俺の阿呆《あほう》！）

嘘だ！　あり得ない！　と喚きながら陽太は布団の中でもんどりうつ。

そうしてしばらくはベッドの上でじたばたしていた陽太だが、大暴れしたところで胸に芽吹いた気持ちは消えそうもなく、最後は力尽きたように両手をシーツの上に放り出した。

外ではまだ雨が降り続いている。精根尽き果てベッドに身を投げ出した陽太は、窓ガラスの上を雨水が勢いよく流れ落ちていくのを横目で見て、強く目を閉じた。

この雨が、突然自分の胸に湧き出した想いをすべて洗い流してくれればいいのにと、祈るような気持ちで思いながら。


足を一歩前に踏み出そうとしたら、後ろからグッと服の裾を引っ張られた。

振り返ると、高校時代の同級生が席に座ったまま陽太の制服の裾を摑んでいる。

『小椋、お前いつも昼休みのたびに弁当抱えて、どこ行ってんの？』

ざわめく教室の片隅、昼休みの開始を告げるチャイムはたった今鳴り終わったばかりで、陽太は逸《はや》る気持ちを抑え、邪険にならないように相手の手をほどいてまた歩き出す。

『喜代治のところだよ、隣のクラスの……』

『ああ、あのやたらイケメンの？　何、知り合いなわけ？』

そう、と頷いたときにはもう陽太は駆け出している。

途中、イケメンというクラスメイトの言葉を思い出し、うっかりひとりでほくそ笑んでしまった。自分のことでもないのに、よそのクラスの人間にまで喜代治がそういうふうに認知されていると思うと、何やら妙に誇らしい気分になる。

人の多い廊下を曲がる。喜代治のクラスまであと少し。

ガラリと教室の扉を開けると風景が一変した。教室は教室だが、ここは中学の教室だ。

教室に駆け込んできた陽太に気づき、女子生徒の一団がさえずるような声で陽太を呼ぶ。

『小椋ー、桜庭君なら今日、委員会で三年生のクラスに行ってるよ』

『え、そうなの？』

『でもさっき教室出たばっかりだから、今から追いかけたら捕まるかもよ？』

ありがと、と片手を上げて教室を後にする。その背中に『頑張れー』と華やかな声がかかる。陽太は廊下を走りながら、用件を告げる前に喜代治目当てで教室にやってきたのがばれてしまうなんて自分はどれだけ毎日同じ行動を繰り返しているんだと呆れるような、どうして自分は呼び捨てで喜代治は君づけなんだと腑《ふ》に落ちないような気分で喜代治を追う。

階段を一段抜かしで駆け上る。段々息が上がってきた。気がつけば自分は全力で廊下を走っていて、もうすっかり息が荒い。

途中、前方から歩いてきた教師に『こら！』と叱《しか》りつけられた。すれ違いざま見上げた顔は、確か小学校のときの担任だ。

いつの間に、と思ったが、考えている時間が惜しかった。早く、早くと気ばかりが急く。休み時間のチャイムはもう鳴った。だから自分は一刻も早く喜代治のところへ行かなければならない。そうしないと、他の誰かが喜代治の手を取って外に連れ出してしまう。

陽太は息を切らして隣のクラスの教室の扉を開ける。室内に飛び込んだ自分を、よそのクラスの生徒たちが異物を見るような目でいっせいに睨んでくる。その威圧感に負けまいと、陽太は大きく息を吸い込んで目一杯声を張り上げた。

『――喜代治！』

窓際の席。外を見ていた小さな頭が振り返る。

小学。中学。高校。それぞれの時代の喜代治が振り返って、眩しそうに目を細めた。

喜代治はただ、一直線に自分を見る。それだけで、なんだか陽太は喜代治の視線だけでなく全部を独占した気分になる。

小学生のときはそれがただ嬉しかった。

中学生のときは少しだけ気恥ずかしさが入り混じった。

高校のときは、どうしてか喜代治の視線を受け止めるたびに胸が一杯になって、いつでも少し、返答が遅れた。

もともと陽太はこの手の話に疎くて鈍感だ。それでもあと少し、ほんのもう少しだけこの状況が続いていれば、自分が何やら妙な状態になっていると気づいていたかもしれない。

けれど、ほとんど想いが形になりかけていた矢先に例の大喧嘩が勃発《ぼっぱつ》して、陽太は喜代治に対する感情をすべて怒りや憤りで塗り潰《つぶ》してしまった。

もしかするとそれは、最後に残った理性が日常から逸脱しようとしている自分を無意識に引き留めようとした結果だったのかもしれない。

だが、今となってはそれも定かではない。随分と遠い、昔の話だ。


翌日、晴天。

昨日の雨が嘘のようにからりと晴れたものの、雨の影響か湿度が増して不快指数は急上昇。夜になっても蒸し蒸しと暑い中、喜代治が陽太を訪ねて椋の木の家にやってきた。

「茶会の上生菓子もやっと納入が終わったからな。今日から本格的に新商品の試作開始だ。九月の発売まであと二週間しかないから、これからは仕事が終わったら毎日お前のうちの厨房で作業になるが、いいな？」

厨房に入るなり淀《よど》みなく言ってのけた喜代治に、おう、と陽太は呻くような返事をする。よりにもよって喜代治に対する想いを自覚したその翌日から毎晩喜代治と共に過ごすことになるとは、タイミングが悪いにもほどがある。

（一体どれだけ過酷な運命強いてくれるんだよ、神様……）

途方に暮れつつ陽太が調理器具を並べ始めると、すでに調理台の向こうで持参した材料を並べていた喜代治が、少し気遣わし気な顔で近づいていた。

「……どうした、あんまり顔色がよくないな？」

「……えっ！　いや……いやいや！　ほら、今日は一日中暑かったから、ちょっとな！」

ぼんやりしていたら、調理台の向こうにいたはずの喜代治がいつの間にかすぐ側にまで歩み寄ってきていて、陽太は危うく露骨に後ずさりそうになった。

陽太の顔色が悪いのは単に暑気にやられたというばかりでなく、昨日から悶々と喜代治とのことを考えていて眠れなかったというのも大いに関係しているのだが、よもや当の喜代治に本当のことなど言えようはずもない。

ごまかすように曖昧に笑い、陽太はいつも以上にてきぱきと用具の準備を再開する。喜代治は、無理はするなよ、と声をかけつつもそれ以上は追究せず調理台の向こうへと戻った。

喜代治が離れて、陽太はほっと息を吐く。そして初めて、喜代治が側に来ただけで自分がガチガチに全身を緊張させていたことに気がついた。

（あ、わ、なんだ……？　手がぎゅうぎゅうになってる……）

無意識のうちに、泡立て器を全力で握り締めていた。頬も、喜代治に向けていた方だけがやけに熱い。

（わ、わ、なんだこれ……）

陽太は慌てて赤くなった頬を手の甲でごしごしと擦る。

それだけではなく、なんだか妙に喜代治のいる方を意識してしまって、上手くそちらに視線を向けることができない。昨日以前の自分がどうやって喜代治を直視していたのか、わからなくなってしまいそうだ。

（うわーっ！　やっぱり昨日深く考えなければよかったんだ！　思い違いで片づけとけばよかった……！）

表向きはいつも通り用具の準備をしながら、陽太は胸中で悔恨の雄叫びを上げる。

昨日、ベッドの中でさんざん悶《もだ》えたり転がったりした挙げ句、最後は力尽きたように喜代治への想いを受け入れた陽太は夢を見た。バレンタインの一件を思い出したのが呼び水になったのか、やけに鮮明な昔の夢だ。

起床後、夢の内容を思い出した陽太は口を半開きにしたまましばらく動き出すことができなかった。単に自分が自覚していなかっただけで、随分昔から自分は必死で喜代治のことを追いかけ、喜代治しか見ていなかったのだと痛感させられてしまったからだ。

さらに、実際いつから自分は喜代治を目で追うようになったのかとずるずる記憶を遡ったた陽太は、至った結論にまたしても愕然とした。

これは長じてから両親に聞いた話だが、まだ葵商店街に越して間もない頃、陽太たち一家はあまり迫桜堂と積極的につき合ってこなかったそうだ。老舗の和菓子店の前に自分たちが店を出したことで迫桜堂の人々に商売敵と冷たい目で見られてはいないかと、両親は随分ひやひやしていたらしい。

そういう親の感情は言葉にしないまでも幼い陽太に感染して、陽太は最初、遠巻きに喜代治のことを見ていることしかできなかった。近所の子供たちのように目一杯笑ったり怒ったりすることの少ない喜代治の、子供ながらに整った横顔にしばしば見とれながら。

それでもやっぱり自分は喜代治と話をしてみたくて仕方がなくて、だから突然菓子を持って喜代治の元を訪れるという突飛な行動に出たのだ。他に喜代治を振り向かせる手段もわからず、唯一自分の得意としていることで喜代治の気を引こうとした。

それがすべての発端だった気がする。そしてその後もずっと、自分は喜代治に菓子を作り続けた。こっち向いて、と言う代わりに、菓子を差し出し続けたのだ。

そんなことを思い出したとき、我がことながら幼い自分の姿がいじらしすぎて陽太は落涙しそうになった。同時に、なんて根が深いんだと落胆もした。

喜代治に対する自分の想いは、自覚していなかっただけで予想以上に根が深い。

（もう、いつからなんて思い出せないくらいじゃねぇかよ……）

こうなってしまえばもう突然自覚した己の慕情を思い違いとやり過ごすことは難しそうで、

それどころか過去の記憶を掘り返していくうちにますます喜代治に寄り添いたがる気持ちが過熱して、事態は深刻の一途を辿っている。

（あー……もう……どうすんだ、これ……）

陽太は棚に積まれた小麦粉の袋に手を伸ばしながら喜代治の様子を窺った。

喜代治は口元に指を添え、真剣な目で調理台に並んだ小豆や酒粕などの材料を見ている。頭の中であれこれとレシピを組み立て直しているのかもしれない。近寄り難いほど真剣な面持ちに、陽太の心臓がぎくしゃくと不規則なリズムを刻む。

うっかり目を逸らせなくなってジッと喜代治を見ていると、視線に気づいたのか喜代治がこちらを見た。顔は俯けたまま、視線だけが動く。

目が合った瞬間、自分でもどうかと思うくらい露骨に陽太の肩先が跳ね上がった。小麦粉の袋を開けようとしていた手元が狂う。

ちなみに小麦粉は、一袋十キロ単位の業務用の袋に入っている。その袋の口がガバリと開いて、陽太の胸元に雪崩《なだれ》でも落ちるように大量の小麦粉が落ちてきた。

辺りにブワッと白い粉が舞って、無防備にそれを吸い込んで陽太は大いにむせた。

「おい、大丈夫か」

白く煙った視界の中、喜代治がこちらに歩いてくるのが見えて陽太は大きく手を振った。

「大丈夫！　大丈夫だから来なくていい！　お前まで真っ白になるから……！」

喜代治と目が合っただけで馬鹿みたいに心拍数が上がるのに、近づかれたりしたら一体どうなるんだという一抹の不安も覚えて陽太は大きな身振りで喜代治に戻るよう伝える。そうやって慌ただしく身を翻したら、床に落ちた小麦粉の小山を思い切り踏みつけてしまった。靴底が、ずるりと滑る。とっさには声も出なかった。バランスを立て直す暇もなく体が大きく傾いで、無意識に両腕を振り回す。

指先が虚しく宙を掻き、派手に転ぶと思ったとき、陽太の手を強い力で何かが摑んだ。そのまま手を引かれ、後方に傾きかけていた体が急に前のめりになる。眼前に何か大きなものが迫って、陽太は勢いよくそれに顔面から突っ込んだ。

「……ぅぶっ！」

正直、勢い余って鼻が折れたかと思った。ジンジンと痛む鼻を指先で押さえようとしたら、真上から低い声が降ってきた。

「……何やってんだ、お前は。少し落ち着け」

予想外の場所から予想外の声がして顔を上げると、すぐ側に喜代治の顔があった。

どうやら後ろにひっくり返る直前、駆け寄った喜代治が力任せに陽太の手を引いて転倒するのを防いでくれたようだ。直前に自分が顔面を打ちつけたのは、喜代治の広い胸らしい。

そんなことを喜代治の胸に凭《もた》れた格好で理解して、陽太は硬直する。

こんな状態で喜代治に近づいたらどうなるんだ、という陽太の疑問は、早々に解消された

形だ。頭も体もすっかり動かなくなる、というのが正解らしい。

全身を硬直させて指一本動かせない陽太を胸で支えたまま、喜代治は平然と陽太の髪や頬についた小麦粉を払ってやって、微かに眉根を寄せた。

「やっぱりお前、風邪でもひいてるんじゃないか？　ほっぺた真っ赤だぞ」

「……う、うぇっ⁉　いやっ、大丈夫だって！」

喜代治の指先が頬をなぞる感触で我に返り、陽太は両手で喜代治の胸を突っぱねて体を離した。しかし、喜代治と距離はとったもののまだ頭が混乱してそれ以上の言葉が出てこない。大丈夫だとか風邪じゃないとか、いいから元の場所に戻れとか、たくさんの言葉が頭の中を駆け巡っては消えていく。

そんな陽太の姿を見て何をどう納得したのだか、喜代治は大仰な溜息をつくと大きく一歩足を踏み出して陽太との間合いを詰めてきた。

「えっ、な、なん、なんだよ⁉」

「なんだじゃないだろ。またすっ転ぶ前に床の掃除しとけ。生地は俺が作る」

言うが早いか陽太の傍らを通り過ぎた喜代治が小麦粉を秤に移し始めて、その慣れた様子を陽太はポカンとした顔で見上げた。

「……喜代治、お前パウンドケーキなんて作れんの？」

「前回お前が作るの見てたから手順は覚えてる。分量だけ教えろ」

どうやら試作の間も、喜代治はただ漫然と陽太の作業を見ていたわけではないようだ。同じ菓子でも和洋で製法は違うはずなのに、その手元にはほとんど迷いがない。

喜代治に材料の分量を伝えた陽太は、早速粉の落ちた床を掃き清めながら幾度か大きく息を吸い込んだ。そして胸の中で、落ち着け落ち着け、と繰り返し自分に言い聞かせる。そうしていないと何度でも喜代治の胸の広さを思い出して手が止まってしまいそうだった。

（……なんかあいつ、また一回り体がデカくなってた気がする……）

学生時代から喜代治は抜きん出て背が高かったが、あの頃よりもっと大きくなっていた。単に背が伸びただけではなく、胸が広くなって、体に厚みができて。

（手も――……）

幼い頃は自分とさほど大きさも変わらず、甲に小さな窪《くぼ》みのできていた喜代治の手は、長じるにつれ指が長く、掌が大きくなって、いつの間にやら大人の男の手になっていた。

大きくて乾いた手が自分の頰を包むようにして、節の浮いた指先が顔についた粉を拭ったのを思い出したら、一気に触れられた場所が熱くなった気がして陽太は動揺した。

（だから落ち着けって俺！　あんまり深く考えるな、忘れろ忘れろ！）

「陽太」

「うわぁあっ！　なんだよ！」

いきなり後ろから名前を呼ばれ、緊張と混乱でまったく余裕のない陽太は悲鳴とも怒号ともつかない声を上げて振り返る。喜代治は「何をそんなに慌ててるんだ」と不審気な顔をしながら、卵を割り入れたボウルを指し示した。

「砂糖、どうする。前回は上白糖使ったんだろ？　今回は変えてみるか？」

「お、おう……じゃあ、ええと……」

「……どうした。砂糖変えようって言い出したのはお前だろ？」

自分で提案しておきながらまるで言葉の出てこない陽太を、今度こそ喜代治は怪訝な顔で覗き込む。陽太は何か考え込む振りで顔を傾けて喜代治の視線から逃げながら、自分の頭を拳で殴ってやりたくなった。

（あんなにいろいろやろうと思ってたのに……なんで一個も思い出せないんだ……!?）

喜代治が上生菓子の納入にかかりきりで試作にまで手が回らなかったときは、あれもしよう、これもしようと次々新しい発想が浮かんできたのに、今の陽太の頭の中は真っ白だ。思いついたものがすべて消え失せている。というより、喜代治という存在に塗り潰されてしまっていると言った方が近いかもしれない。

「と、とりあえず……はちみつと、黒糖……で、二種類作ってみるか」

なんとか絞り出せたのは二品だけで、片手で数えきれないほどの案を抱えていたはずの陽太は大いに打ちのめされたが、喜代治は納得してくれたらしい。手早く作業を再開する。

流れでメインの作業を喜代治に任せることになった陽太は、酒粕をぬるま湯で溶いたり、白餡の分量を変えたりしながら、歯痒い思いを押し殺そうと何度も靴の先で床を蹴《け》った。

もっとたくさんやりたいことがあったはずなのに、隣に喜代治がいるとどうにも駄目だ。意識が目の前の菓子ではなく、喜代治の方に流れていってしまう。

（くっそ……なんだったかな、もっと酒の香りを出すために、なんかいい案があった気がするんだけど……）

一瞬、思考の切れ端が頭を過《よ》ぎった気がした。だがそれは、ボウルに粉類を振るい入れる喜代治の姿に分断される。

切るように粉を生地に混ぜ込んでいく喜代治の手つきは鮮やかだ。和菓子職人であることを忘れるほど、洋菓子を作る動作は堂に入っている。そんな姿に見とれているうちに脳裏を過ぎった記憶は淡く溶け、何かのきっかけで喜代治と目が合おうものなら完全に霧散する。

陽太がじりじりしている間にも喜代治はあっという間にパウンドケーキの生地を作り上げ、それを窯で焼く間にまた別の種類の生地を作るという作業を淀みなく繰り返した。

喜代治の手際のよさが際立って、最終的にその日は六種類のケーキを焼き上げた。

「じゃあ、まずはこの辺から食べ比べてみるか」

そう言って喜代治が切り分けたのは、前回とほぼ同じ材料だが砂糖のみ変えたケーキだ。一方ははちみつ、もう一方は黒糖を使っている。

互いに一切れずつケーキを食べて、沈黙することしばし。

先に口を開いたのは喜代治だ。

「はちみつ使うと大分焼き加減が変わってくるな。同じ焼き色だから窯から出しちまったが、少し焼きが甘かったか」

「……うん」

「黒糖はやっぱり、砂糖の味が前面に出すぎるだろう。せめて和三盆使った方がいいかもしれないな」

「………うん」

いつになく口数の少ない陽太の異変に気づいたのか、喜代治が眉を顰めて陽太の顔を覗き込む。そして、ぎょっとしたように目を見開いた。

「おい、どうした！　顔が真っ青だぞ！」

皿を手にしたまま俯き加減で口元に手を当てる陽太の顔は、喜代治の言う通り蒼白《そうはく》だ。

陽太は口元を押さえたまま、青くなって当然だ、と思う。

（……味がわかんねぇ）

自分でも信じられないことだったが、実際陽太ははちみつを使ったケーキと黒糖を使ったそれの違いがほとんどわからなかった。砂糖しか相違点がないとはいえ、はちみつと黒糖なんてどちらもかなり味に特徴のあるものだ。舌触りや風味は違って当然なはずなのに。

（強いて言うならはちみつの方がちょっと甘いような……？　黒糖の方が独特の匂いがする

ような……）

懸命に集中すれば、なんとなくわかる気がする。が、いつもより格段に舌が鈍い。舌というより思考力が落ちているのか、味の違いを冷静に分析することができない。

さらにそれは、喜代治が陽太の背に手を添えたことでより明確になった。

「大丈夫か、やっぱり気分が悪いのか？」

大きな手が背中に触れた。その瞬間、口の中から味が飛んだ。舌に乗る甘さより、背中に触れる手の温かさに神経が集中する。結果として、陽太は味覚を一時失ってしまう。

驚いて、咀嚼も不十分なままごくりと口の中のものを飲み込んでしまった。それが気管に入って陽太は盛大にむせる。厨房中に咳《せ》き込む声が響き渡り、慌てたように喜代治が背中をさすってくれるのが逆効果だ。もういっそ窒息するんじゃないかと思う頃、妙に騒がしい厨房の様子に気づいたのか陽太の両親までやってきてしまった。

喜代治はすっかり陽太が体調を崩していると思い込んでいるし、両親はかつてない息子の様子に目を丸くするばかりだし、当の陽太は喜代治がすぐ側に立っていつまでも背中をさすっているものだから声も出ないしで、一時椋の木の家の厨房は騒然となった。

結局、今日はこれ以上の作業は無理だと喜代治に判断され、試作作業は中止となった。

玄関先まで喜代治を見送った陽太は、具合が悪いわけでもないのに作業を中断してしまった申し訳なさでろくに顔も上げられない。

悄然《しょうぜん》とする陽太を見かねたのか、帰り際、いつになく優しい声で喜代治は言った。

「無理しないで、今日はゆっくり休め」

頷いたら、子供にするような仕種で喜代治にぐしゃぐしゃと頭を撫でられた。きっとよほど陽太が落ち込んでいるように見えたのだろう。

だが、やっぱりそれは逆効果にしかならず、陽太は喜代治に頭を撫でられた感触を持て余し、その夜もなかなか眠りにつくことができなかったのだった。


喜代治の前であからさまな醜態を晒《さら》してしまったその翌日。

一晩中布団の中で己を罵《ののし》り、今日こそ試作に集中しようと意気込んでいた陽太だったが、そんな熱意は完全な空振りに終わった。

二日続けて試作作業が中止になってしまったのだ。

(新作の発売日まで、二週間切っちまってるのに……)

夜、自室のベッドの上にうずくまって陽太は物憂気な溜息をつく。

こんなに差し迫った状況にもかかわらず作業が中止になったのはまたしても自分のせいだ。

夕方、陽太の具合を心配して店まで様子を見にきてくれた喜代治の前で、赤くなったり青くなったり尋常ならざる態度を陽太がとってしまったせいで、喜代治に「もう一日くらい休んでおけ」と言いつけられてしまったのである。

これが本当に単なる体調不良なら時間をおけばすべて元通りになるのだが、陽太の場合はそうとも限らない。下手をすれば喜代治を意識するあまり状況が悪化する可能性もある。

こうなったら商店会長に頭を下げて発売を延期してもらいたいところだが、当の会長が先走って商店街中に新製品のチラシを配り歩いているのだからそれも難しい。しかもチラシには『葵商店街の新名物！　和菓子と洋菓子の夢の融合！　ここでしか食べられない超絶品！』などと、まだどんな菓子が出来上がるのか知りもしないくせに無責任な煽《あお》り文句が並べられており、すっかり後には引けない状況だ。

どうしたものか、と陽太は再三溜息をつく。それでいて、頭の中で渦を巻くのは菓子のことではなく喜代治のことだ。

（もう俺、一日中喜代治のことしか考えてないな……）

今日だって店番をしていても釣りを間違えそうになったり、ケーキを箱詰めしようとして取り落としそうになったり、注意力散漫なのは誰の目にも明らかだ。

このままでは本当に何もかも手につかなくなりそうで陽太は頭をかきむしる。

（やっぱり――……告白か……⁉　告白とかしないと話は先に進まないのか⁉　でも喜代治も俺も男だろ！　男同士でつき合うとかないよな⁉　告白とかしたところで受け入れられるわけないし、大体男同士でつき合うって何するんだよ！）

具体的にあれこれ考えようとしたところで、カッと陽太は赤面する。相手が家族ぐるみで長年つき合ってきた幼馴染みだと思うと、あまり生々しい想像はできない。

でもキスぐらいは……と想像してみたものの、すぐさま陽太は悲鳴のような声を上げて足元のブランケットを蹴り上げてしまった。嫌悪感を覚えたとかそういうことではなく、喜代治と自分がキスをしている姿なんて考えただけでこっ恥ずかしくてジッとしていられない。

（ていうかそんなあり得ないこと考えてる自分が嫌だ！　喜代治に受け入れてもらえるわけないんだから、考えるだけバカみたいだろ！　むしろバカだろ！　俺はバカだろう！）

両手で顔を覆ってわぁわぁと声を上げながらベッドの上を転げまわっていると、勢い余って壁に体が激突した。痛みでしばし大人しくなった陽太は同時に多少の冷静さも取り戻し、顔から手を離して天井を見上げた。

（大体、つき合ったとしても今の状態とそんなに変わらないいんじゃないか……？）

ふと頭に浮かんだ考えに、陽太は小さく目を瞬かせる。

つき合ったからといって、四六時中手を繋いでいるわけもなければ抱き合っているわけでもない。やることといったら一緒に喫茶店に入って話をしたり、買い物に行ったり、互いの家を訪れて茶を飲んだり——その程度のことなら新しい菓子の開発を始めてから何度も喜代治とやってきた。そしてそれは、この先も陽太が望めばできることだ。

（友達の中で一番仲がいい、とかいうポジションでも、十分なんじゃないか？）

がばりとベッドの上に起き上がり、陽太は真顔で考える。

会いたいときに会えて、話ができて、ある程度自分を優先してくれるのならそれで満足なのではないか。それならば、幼馴染みの陽太はわりと条件に適っている。

（じゃあ、今のままでもいいのか——……）

もしも普通の恋人同士がそうするように喜代治に寄り添いたいと思ったら、学生の頃のように後ろからタックルでもかましてその首にぶら下がってやればいいのだ。それで喜代治が報復に陽太の首を腕で締めてきたりして、一緒に笑ってくれれば十分なのではないか。

それに特別な関係にならなくたって、喜代治は陽太が何かに悩んだり躓《つまず》いたりして相談事を持ちかければ真摯に耳を傾けてくれる。失敗すれば苦言と助言を惜しみなくくれるだろうし、成功すれば一緒に笑ってくれる。それはもう、ほとんど疑いようのないことだ。

親友という立場でいられれば、望むものはすべて手に入る。名前を呼べば、喜代治はいつでもこちらを振り返ってくれる。

（……それで、十分だよな……？）

自分の言葉に、うん、と頷こうとしたとき、視界の端で何かが動いた。無意識に首を巡らせると、ベッド脇の窓から人気のない商店街が見下ろせた。すでに通りの店はほとんど明かりを落としていて、向かいの迫桜堂も灯が消えている。

一体自分の目は何を捉《とら》えたのだろうとしばらく視線をさまよわせていると、明かりの落ちた迫桜堂の前で何かが動いた。誰か、人が立っているようだ。

思わずガラスに手をついて身を乗り出した陽太は、その人物の肩先から三つ編みが滑り落ちたのを見て目を瞠《みは》る。

制服を着ていなかったので一瞬わからなかったが、どうやら追桜堂の前にいるのは綾乃のようだ。綾乃は頭上から陽太が見ているのも気づかず店の戸を何度も叩いている。

しばらくすると店の奥に明かりが灯《とも》って、中から戸口が開けられた。福治がまだ退院していない今、現れたのは当然喜代治だ。

場所が遠いのと薄暗いので、綾乃を見た喜代治がどんな顔をしたのか陽太にはわからない。ただ、喜代治が現れるなり綾乃がほとんどその胸に飛び込む勢いで互いの間合いを詰めた。それだけで、陽太は心臓を素手で鷲摑《わしづか》みにされたような気分になる。

綾乃が喜代治を見上げ、何か言っている。随分長いこと、熱心に。それを喜代治は、ほとんど身動きもせずに聞いている。時折頷いたり、首を振ったりする程度で、喋っているのは綾乃だけのようだ。

(そういえばあの子、喜代治のことが好きかもしれないって……)

いつだったか、弘明がそんなことを言っていたのを唐突に思い出す。あのときは、まさか、と笑い飛ばしたが、土砂降りの雨の中でさえ和菓子を買いにくるような相手だ。あり得ない話ではないと今になって信憑性が湧いてくる。

(じゃあ、こんな時間に店に来たのは、まさか……?)

時刻はもう夜の十時を過ぎている。店はとっくに閉まっている時間で、だとすると綾乃は、迫桜堂ではなく喜代治に用があってここに来たということか。

(まさか、告白とかしてるわけじゃないよな――……?)

思った瞬間、胸に鉛のように重苦しい空気が満ちていくのを陽太は感じた。胃の腑が見る間に重くなり、気がつけば、無意識のうちに掌で心臓の上を押さえていた。

その間も綾乃は喜代治に何事か言い続けていて、陽太は窓に両手をついて二人の様子を窺う。一体何を話しているのか、耳を澄ませたところで聞こえるはずもないのに、呼吸の音さえ邪魔で息を詰める。

やがて、綾乃は言うべきことをすべて言い尽くしたのか、急に大人しくなって項垂れた。その向かいで、やっと喜代治が口を開く。言葉少なに一言、二言、喜代治が何か言った後、綾乃が顔を上げた。こちらに背を向ける綾乃の表情はわからない。軒下にいる喜代治の表情も陰って見えない。

しばらく黙って見詰め合う格好になった後、ふいに喜代治が腕を伸ばした。

陽太は完全に息を止めて喜代治の腕の行方《ゆくえ》を目で追う。

喜代治はなんとも不器用な、それでいて優しい仕種で、そっと綾乃の背中を抱いた。

(あ――……)

窓に押しつけられていた陽太の指先が、ずるりとガラスの上を滑った。

喜代治は綾乃の耳元で何か囁《ささや》くと、その背を押して店の中に綾乃を招き入れた。綾乃も大人しく店の中に入っていく。

ガラガラと店の引き戸が閉まる音だけは聞こえてきて、二人の姿が消えた後、陽太は力尽きたようにぱたりとシーツの上に手を下ろした。

たった今、己の目で見たものが信じられない。

あんなふうに女性に触れる喜代治を、初めて見た。これまでは、学校で女子生徒に遠巻きにされているところか、商店街の女将《おかみ》さんたちにその男っぷりを褒めそやされて苦笑いをしているところしか見たことがなかったのに。

（……あんなにもろいものに触るみたいに、女の子に触るんだ）

呆然と迫桜堂の店先を見下ろしながら、陽太は思う。

自分はあんなにも大切そうに、喜代治に触られたことがあっただろうか。

——……あるわけがない。そう思ったら、俄かに陽太の体を焦燥が飲み込んだ。

（友達じゃ、駄目だ——……）

決定的なものを目の当たりにして、唐突に陽太は自覚する。

たとえつき合う前と後で喜代治との接し方がほとんど変わらなかったとしても、やはり友達では駄目だ。一番仲のいい友達は、恋人に負ける。そんなことを、まざまざと見せつけられた気がした。

（駄目だ……俺はそんなんじゃ、全然駄目だ……！）

陽太は窓ガラスに額を押しつける。いつの間にか、泣き出す直前の子供のように息が乱れていた。自分の一番欲しかったものが今まさに手の中からこぼれていったようで、こんなことなら迷わず行動してしまえばよかったと心の底から後悔した。

（他の誰かにとられるくらいなら、喜代治に気持ち悪がられてもなんでも、全部本当のこと言っておけばよかった……！）

掌を、思い切りガラスに打ちつけたい衝動に駆られた。数分前、親友でいられれば十分じゃないかと自身を納得させようとした自分を痛烈に罵倒する。

（友達のままで満足できるわけないだろ！）

体の内側にカッと火がついて、常識や保身に覆い隠されていた本音をあぶり出す。

自分はやはり、喜代治にとって一番特別な存在でいたい。どこにいても喜代治が自分を目で追ってしまうくらい、側にいなくたって自分のことを考えてしまうくらいに喜代治の心を自分の存在で占めさせたい。

今の自分がそうであるように、喜代治も自分のことしか考えられないようになってしまえばいいと、心底思う。

そうして窓ガラスに額を押しつけたまま激情をやり過ごした陽太は、大きくひとつ息を吸うと胸の中で呟いた。

(――……まだ、喜代治があの子とつき合ってるって決まったわけじゃない)

常識的に考えれば、こんな遅い時間に綾乃を家に上げたのだから二人がただならぬ仲であることは想像に難くないが、それでも陽太は顔を上げて真っ直ぐに前を見る。

(まだ全然可能性がないって決まったわけじゃない)

陽太はぐっと眉間に皺を寄せる。そして、伝えよう、と思った。

喜代治に自分の想いを伝えよう。告白したところでいかにもまっとうなあの男が応えてくれるとも思えないが、このまま何も言わずに喜代治が他の誰かとくっついてしまったら、きっと自分は墓に入る瞬間まで後悔する。それはもう、目に見えている。

(……とはいえ、どうする)

眉間に皺を寄せたまま、陽太は必死で考える。

敗色濃厚だからとなんの策もなく告白して玉砕したら、それこそ悔いが残る。女性相手で圧倒的に不利な状況だが、それでも振り返ってもらいたいのならどうしたらいいだろう。

自分が持つ、一番の武器は一体なんだ?

「――……」

しばらく眼下の迫桜堂を見詰めてから、陽太はやおら立ち上がって机の上に置かれていた携帯電話を手に取った。

アドレス帳に記録したきり、一度もかけたことのない喜代治の自宅の番号を選択して通話ボタンを押す。呼び出し音に耳を傾けながら、出るだろうか、と陽太は息を潜めた。

綾乃が一緒ならば、電話になど出ている余裕はないかもしれない。

それでも出て欲しい、今すぐ自分の言葉に耳を傾けて欲しいと祈るような気持ちで陽太が待っていると、数回目のコールの後、ようやく電話が繋がった。

『はい、桜庭です』

ドキリと陽太の胸が鳴る。耳に喜代治の声が流れ込み、随分近くでその声を聞いているようでまたぞろ落ち着かない気分になりながら、陽太は窓辺に歩み寄った。

「あの、小椋です……」

『……陽太か？　なんだこんな時間に、改まって』

迫桜堂から綾乃が出てきた様子はない。ということはすぐ側に彼女がいるのだろうに、喜代治の声音は普段と変わらないようだ。

綾乃と、こんな時間に二人で、一体何をしているのだろう。いっそ尋ねてしまいたいくらいだったが、欲求をぐっと飲み込んで陽太は別の言葉を口にした。

「喜代治……明日から少しの間——……新商品の試作、休ませてもらえないか」

受話器の向こうで、喜代治が軽く息を飲む気配があった。

短い沈黙の後、喜代治が意識的に潜めたような声で言う。

『……具合、そんなに悪いのか』

気遣わし気に尋ねてくる喜代治に、違う、と陽太は掠れがちな声で答えた。

「別に体はどこも悪くない。でも、少しひとりで作業したいんだ」

『――……俺と一緒じゃ作業が進まないってことか？』

陽太の答えに一転して喜代治の声音が低くなる。陽太は目を伏せ、ごめん、と謝った。

「そういうことじゃないんだ。お前のせいじゃないんだけど、少しの間だけ……」

『少しって、もう期日まで一週間切ってるんだぞ……⁉　商店会長たちに味見だってしてもらわなくちゃいけないんだ、もう本当に時間の余裕なんてないだろう！　大体、最初の一週間だってそうやってお前のわがままにつき合って無駄に時間を費やす羽目になっちまったんだろうが！』

うん、と陽太は頷く。喜代治の言うことはもっともだ。事実であるがゆえに弁解する余地すらない。それでも陽太は、一度口にした申し出を撤回するつもりはなかった。

「五日でいい。五日間だけ時間をくれないか。できる限りの菓子を作っていくから」

電話越しに、喜代治が絶句しているのがわかった。あまりに身勝手な陽太の言い分に呆れてものも言えないのかもしれない。

しばらくの間沈黙が続き、陽太は黙って目を閉じる。受話器の向こうからは、喜代治の息遣いしか聞こえない。背後にいるだろう綾乃の気配は感じられないが、それでもたった今喜代治の隣にいるであろう彼女の存在に、どうしようもなく、嫉妬《しっと》した。

（俺は、女じゃないし、あの子みたいに和菓子一筋ってわけでもなく甘いものならなんだって好きだし、喜代治とも喧嘩ばかりだし……）

それでも、喜代治に振り返って欲しい。そのためにどうしたらいいか考えたとき、思い浮かんだのはやっぱり、菓子を作ることだけだった。

自分の何より好きなものを、誰かのために想いを込めて作ることしか陽太にはできない。

小さく息を吸い込んで、陽太は掠れた声で呟いた。

「お前に、俺の作った菓子を食ってもらいたいんだ――……」

言葉の真意は、おそらく喜代治には届かなかっただろう。

逡巡するような気配の後、受話器の向こうで喜代治が大きな溜息をついた。

『五日後に俺の納得するものを持ってこられなかったら、その後はお前、もう店に立つ時間なんてとらせないぞ。一日中試作に使ってもらうからな……！』

明らかに不本意そうではあるが、喜代治から了承を得て陽太はほっと息を吐く。

わかった、と陽太が力強く頷くと、短い沈黙を残して静かに電話は切れた。

陽太は携帯電話をベッドの上に放り投げると、再び迫桜堂に視線を戻した。

（……我ながら、思い切ったことしたもんだ）

喜代治の言う通り、もう新商品の発売日までほとんど時間は残っていない。この五日間で陽太が喜代治を納得させるだけの菓子を作れなければ、商店会長だけでなく、新商品の発売を楽しみにしている全員の期待を裏切ることになってしまう。噂《うわさ》はすでに商店街の中だけでなく、口伝てに町の方々まで広がっているのだ。

だが、やると言ったからにはもうやるしかなく、よし、と陽太は腹を決める。

まだ喜代治より経験は浅いとはいえ、自分だって立派な菓子職人だ。和菓子の素材と洋菓子の技法を駆使して、喜代治ですら目を瞠るような菓子を作ってやる。

(喜代治を納得させるどころか、うっかり惚《ほ》れちまうような菓子作ってやる……!)

決意も新たに、陽太は勢いよく窓のカーテンを引いた。

綾乃はまだ迫桜堂から出てこないようだが、これ以上見ていてはいけないような気がした。もし綾乃が明け方に店から出てくるようなことになったら、菓子作りをしようという気力が根こそぎ奪い去られかねない。

(せめてこの五日間は、これ以上余計なものを見ないで済みますように……!)

神社の前でそうするようにカーテンに向かって柏手を打つと、陽太はベッドの上で正座をして、誰にともなく深く頭を下げたのだった。


翌日、陽太の元に喜代治から白餡が届いた。といっても喜代治が直接陽太に渡したわけでなく、わざわざ陽太が店に立っている時間を狙って自宅の方に届けたらしい。

餡を受け取った節子は、敢えて顔を合わせようとしない二人がまた喧嘩でも始めたのかと気を揉《も》んでいたようだが、当の陽太は平然としたものだった。自分の身勝手極まりない物言いを考えれば、喜代治が怒るのも当然だと思えたからだ。

それに、今は喜代治の顔を見ないで済んだことにほっとした。顔を見ればまた注意力が散漫になって、一日中使い物にならなくなってしまう。

喜代治が側にいなければ逆に落ち着いて作業ができると、その日から陽太は店を閉めた後深夜まで厨房にこもるようになった。

ひとりになれば、不思議と試してみたいことが次々と浮かんできた。

上白糖の代わりに使う、和三盆、転化糖、グラニュー糖。小麦粉の他に、はったい粉、上新粉、米粉のブレンド。酒粕を日本酒で溶き、バターの種類を変え、窯の温度や焼き時間を調整する傍ら、陽太は何度も喜代治の持ってきてくれた白餡の味を確かめた。

なんといっても今回は、和菓子と洋菓子、二つの菓子が調和しなければいけない。どちらかの味が突出することなく、それでいて互いのいいところは引き出すために、和菓子の肝となる白餡の風味や舌触りを殺さないようパウンドケーキに閉じ込めたかった。

どうするのが最適なのか、ひたすら試作を繰り返すうちにあっという間に時間は過ぎた。

そして最終日の五日目。陽太はいつものように、深夜まで厨房で菓子を作っていた。

調整に調整を重ねた生地を型に流し込み、窯の温度を確認する。調理台に二、三度型を落とし生地から空気を抜いて、窯の温度が下がらぬよう手早く戸を開け生地を入れる。百八十度まで温度を上げた窯から腕を抜いて戸を閉め、ようやく陽太が長い息を吐くと、見計らったようなタイミングで背後から「お疲れ様」と声がかかった。

振り向けば、弘明が厨房に下りてきたところだ。

すでにパジャマに着替えた弘明は、陽太の隣までやってくると窯の中を覗き込んだ。

「毎晩毎晩遅くまでよく頑張るね。……どう？　今回は納得のいくものができそう？」

「んー……これの味を見たら、もう一回調整したい感じかな……」

陽太の声が尻窄《すぼ》みになり、視線は一瞬で窯の中のケーキに集中する。

今日だけでもう何個ものケーキを焼いた。五日前と比べれば格段に味にまとまりができているのは間違いないのだが、どうにもまだ洋菓子に寄っているような気がする。

（せめてもう少し日本酒の香りが出せたら和洋のバランスとれるのに……）

窯の中を凝視したまま陽太が喉の奥で低く唸ると、隣で弘明が小さく笑った。

「なんだか、こんなに妥協しない陽君は初めて見たな」

「え、そうかな？」

「いつもだったら自分が食べて美味しければ満足って感じだったのに、今回はすごく自分以外の人に食べてもらうことを意識してるみたいだ」

陽太は弘明に視線を戻し、それはあるかも、と、胸の中でこっそり頷いた。何しろこの菓子は、自分の気持ちを言葉よりも真っ直ぐ喜代治に届けるために作っているのだ。妥協などできようはずもない。

そんな経緯など露も知らない弘明は、陽太が純粋に商店街のために奮闘していると思っているらしい。陽君も成長したねぇ、などとのどかに窯の中を見詰めている。

父親の勘違いを正すこともできず陽太が口ごもっていると、ふいに弘明が呟いた。

「でも、今回はやっぱりちょっと、いつもと違った。鬼気迫るものがあった気がするよ」

腰を屈めて窯の中を見ていた弘明が、背筋を伸ばして陽太と向き合う。そして、穏やかだけれど真剣な目で陽太を見上げて、言った。

「……もしかして、何か心に決めたことでもあるの？」

ぎくり、と陽太の体が強張る。

もしや弘明は、陽太が必死で菓子を作り続けた理由を本当はわかっているのだろうか。四六時中春の陽だまりのようににこにこと笑っているが、妙なところで観察眼が鋭かったりする弘明だ。菓子を作る理由どころか、それを誰に渡すのかまで察しているのかもしれない。

縁の太い眼鏡の奥から、弘明がジッと陽太を見上げてくる。陽太は上手く表情も作れず、緊張した面持ちで弘明の次の言葉を待った。

窯の立てる低い唸り声のような音だけが響く厨房でしばらく向き合ってから、弘明はゆっくりと口を開いた。

「もしかして陽君……うちのお店を出ようとしてる？」

へっ、と陽太の口から間の抜けた声が漏れる。なんの話かと尋ねようとしたら、弘明は皆まで言うなとばかり顔の前で大きく手を振った。

「そうだよね！　陽君はうちのお店でしか働いたことないものね！　そろそろよそのお店で修業したくなったとしても当然だから……！」

「いや、あの……？」

「陽君は毎週美味しい洋菓子屋さんにも通ってるみたいだし、もしかしたらもう目星をつけてるお店もあるんじゃないかって節子さんとも話してたんだ！」

なんだかこの数日厨房にこもっている間に、両親は随分と思考を飛躍させて二人で盛り上がっていたらしい。

すぐに、違う、と弘明の言葉を否定しようとした陽太だが、直前で思いとどまってふと口を噤んだ。そのままがりがりと後ろ頭を掻いた陽太は、赤々と燃える窯へと視線を戻す。

「……そうだな。俺、近々この店を出るかもしれない」

自分で言い出したくせに隣で弘明が息を飲むのがわかって陽太は苦笑する。

たった今弘明に言われるまで考えてもみなかったことだが、それは存外いい選択のように思われた。喜代治にこの想いを拒絶されてしまったら、葵商店街を離れるのだ。そんな状態で喜代治の側にい続けるというのは、さすがに辛《つら》いことだと思うから。

(……って、俺すっかり、振られる気満々だな)

背後の調理台に凭れ、陽太は溜息混じりの笑みを口元ににじませた。

敗色濃厚な気分になるのも無理はない。この五日の間、陽太は三回も綾乃が迫桜堂を訪れる現場を見てしまった。しかも、すべて店が閉まった後のことである。

あれだけ余計なものは見ませんようにと祈ったのに、現実は上手くいかない。

最後に綾乃を見たときは、店舗ではなく喜代治の自宅の玄関から直接家に入るようになっていた。この短期間に、随分と親密な関係になったものだ。

(……それでも多分、言わないと俺、墓の中でも後悔する……)

損な性格だなぁ、と我ながら思う。ここで何も言わずに大人しくしていれば、少なくとも友達の中で一番、というポジションだけは守り通せるかもしれないのに。

でも、それでは我慢ができないのだから仕方がない。

「店を出るとしたら、もう滅多に帰ってこられないくらい遠いところに行こうかな……」

調理台に後ろ手をついて陽太が呟くと、ようやく衝撃から立ち直ったのか、弘明が眼鏡を押し上げながら何度か小さく頷いた。

「……そうだね、よそのお店でうちとは違うやり方を知るのもいいかもしれない。見識を広めるのは大切だもの。……でも、そんなに遠くってことは海外留学でも考えてるの？」

「海外か……」

それも選択肢のひとつではある。海を越えたずっと向こうまで行ってしまえば、もうほとんど喜代治と顔を合わせることはなくなるだろう。どうしても顔が見たくなったとしても容易に戻ってくることはできないから、未練がましく想いを引きずることもないかもしれない。

宙を見詰めて陽太がそんなことを考えていると、弘明にポンと肩を叩かれた。

「ともかく、このケーキが完成したら陽君の中でひとつの区切りがつくんだね」

横を向くと、陽太の肩に手を置いたまま弘明は窯の中を見ていた。弘明は眼鏡の奥の目を優しく細めて言う。

「皆が笑顔になるようなお菓子ができるといいね」

弘明の口癖だ。皆が笑顔になるように、喜んでくれるように、誰かを幸せにするお菓子を作ろうねと、まだ陽太が幼い頃から繰り返し言って聞かされてきた台詞である。

もう何度聞いたかわからない言葉なのに、なぜだか今初めて耳にしたような新鮮な驚きを覚えて陽太は小さく頷く。

そういえばこの五日間、菓子を作る間は喜代治に拒絶される不安ばかりが募って、美味いと笑ってくれる姿など想像もしていなかった。

忘れていた。菓子はもっと、楽しんで作るものだった。食べてくれる相手が笑顔になるところを想像して、こちらまでわくわくしながら作るのがこれまでの陽太だったのに。

（……もう少し力抜いて、最後にもう一度だけ味の調整しよう）

緊張をほぐすように陽太が深く息を吐くと、肩からするりと弘明の手が離れた。

「それにしても、陽君も頑張ってるけど、負けず劣らず喜代治君も頑張るね」

困ったように笑って弘明が調理台の上を指して、陽太も同じ方向に目を向ける。

見遣った先にあったのは手提げつきの小さな紙袋だ。中には喜代治の作った白餡が入っている。この五日間、顔を合わせることこそなかったが、喜代治は毎日餡を作っては陽太の元に届けにきていた。

「何があったか知らないけど、二人とも絶対直接会おうとしないんだから、揃って意地っ張りだよねぇ」

それは、と陽太が言い訳気味に呟くのを聞き流し、弘明がひょいと紙袋の中を覗き込む。そして、おや、と小さく目を瞬かせた。

「……何かメモが入ってるみたいだけど……？」

「えっ！」

驚いて陽太も紙袋の中を覗き込む。見れば確かに、タッパーの下にメモ用紙のようなものが一枚敷かれていた。昨日の餡がまだ残っていたものだから、今日届いたこの餡にはまだまったく手をつけていなかったおかげで気づくのが遅れてしまったようだ。

陽太は慌ててタッパーの下からメモを引っ張り出してそこに目を走らせた。

メモには喜代治らしい達筆な文字で、箇条書きのように簡潔な言葉が並んでいた。

『和菓子は干菓子を除けば柔らかな口当たりのものが多い。歯触りを変えれば洋菓子らしさが出るかもしれない』

あっ、と陽太は小さな声を漏らす。

(――……同じこと考えてる)

陽太も同様のことを考えて、ケーキの食感にはかなり趣向を凝らしたつもりだ。

言葉を交わすどころか顔も合わせていなかったのに、同じ結論に辿り着いていたということがなんだか少し嬉しかった。この五日間、喜代治も一緒にケーキのことを考えていてくれたことも、そうして気づいたことをメモにして陽太に渡してくれたことも。

ジワリと胸が熱くなる。うっかり喜代治の名を呟いてしまいそうになり、慌てて唇を嚙み先を読み進めた。

『食感を変えるために、カステラは底にザラメを敷いて焼くことがある』

何かの参考になれば、ということだろう。ふむ、と陽太は口元に指を当てた。

確かにカステラの表面にザラメを敷くと、口にしたときザクザクとした歯応えが出る。

(同じ効果を狙っても、和菓子と洋菓子でアプローチって変わってくるんだな……)

陽太は生地そのものの配合を変えることで食感を変えようと試みた。表面に歯応えのあるものを振りかけるなんて思いつきもしなかったことだ。

（表面に、何か――……）

ぼんやりとメモを見詰めながら口の中で繰り返し、唐突に陽太は目を見開いた。

「あぁっ！　そうか、表面か！　その手があったか――！」

厨房に絶叫が響き渡る。目の端で弘明が後ずさったのに気がついて、すっかり弘明の存在を失念していた陽太は慌てて口元を手で覆った。

「ご、ごめん、急に……」

「いや、大丈夫……。それより、何かいいヒントでも書いてあった？」

思わず陽太はぶんぶんと大きく首を縦に振ってしまった。最後の最後まで引っかかっていた問題の解決の糸口をようやく見つけたのだ。ジッとしてなんていられない。

早速思いついた作業に移るべくそわそわし始めた陽太を見て、弘明が苦笑をこぼす。

「なんだか、陽君がお菓子を作り始めたばっかりの頃を思い出すよ。あれもしたい、これもしたい、もっと美味しくしたいって……。陽君が初めて作ったお菓子もパウンドケーキだったから、なおさらだなぁ」

唐突に転がり落ちた弘明の言葉に、陽太は目を瞬かせた。

「え……そうだっけ？」

「そうだよ。それから、喜代治君に初めて持っていってあげたのもパウンドケーキだった。だから新作もパウンドケーキにしたのかと思ってたんだけど……違うの？」

「いや、そういうわけじゃないけど……」

それどころか、陽太は自分が初めて喜代治の元に持っていった菓子がなんであったかなどまるで覚えていない。喜代治が初めて作ってくれた菓子は、焦げまんじゅうというあまりにも印象深いものだからよく覚えているのだけれど。

「パウンドケーキにしようって言い出したのは喜代治だけど……あいつのことだから、そんなこともう忘れてると思うし――……」

実際喜代治は一言もそんなことを言わなかった。偶然で片づけようとした陽太だったが、なぜか弘明は含みのある笑みをこぼした。

「いや、きっと喜代治君、あのパウンドケーキのことは一生忘れられないと思うよ?」

意味深長な台詞に陽太は怪訝な顔つきになる。どういう意味かと尋ねたものの、弘明は「今度本人に聞いてごらん」と笑うばかりで教えてくれない。

「ともかく、陽君がどんな結論を出しても父さんたちは全力で応援するから。頑張って」

そう言って小さく手を振ると、弘明は軽い足取りで厨房を出ていってしまった。

一瞬本気で弘明の後を追おうかとも思ったが、そろそろ菓子が焼き上がる。窯を離れるわけにもいかず、陽太はまたジッと窯の中を覗き込んだ。

もう一度味見をして、最後の調整をしたら、多分このケーキは完成する。

どうしてか、今になっていろいろな人のいろいろな言葉や仕種を思い出し、陽太はゆっくりと目を眇めた。

「食べる者のことを考えていれば、おのずと味は決まってくる」と言った福治のざらついた声や、「皆が笑顔になるようなお菓子ができるといいね」と笑った弘明の横顔。自分は何より迫桜堂が好きだと前を向いて言い切った阿部や、何はなくとも手土産に菓子を持たせようとする節子。そして、両手で小豆を掬い上げ、見ている者の息が止まるほど真剣に小豆の選別をしていた喜代治の姿が、窯の暖かな光の中に浮かび上がる。

みんな揃って菓子が好きで、菓子と真剣に向き合ってきた人たちばかりだ。

（……あの人たち全員に、美味いって笑ってもらえる菓子ができるといいな）

福治と弘明と節子と阿部と、何より喜代治にそう言ってもらいたい。

この菓子は、喜代治のために作った菓子なのだから。

窯の中、パウンドケーキの表面が香ばしいきつね色に変化する。

陽太は厚手のミトンを手にはめると、満を持して窯の蓋を開けたのだった。

なんだかんだと手直しをしているうちに厨房で夜明けを迎えてしまった陽太は、やっと納得のいくものを作り上げると気絶するように自室のベッドに倒れ込んだ。店が定休日だったこともあり、誰に起こされることもなくそのまま昏々《こんこん》と眠り続けること半日。次に陽太が目を覚ましたときにはすでに太陽は傾いて、辺りは夕暮れの気配が迫っていた。

夕刻を過ぎてもなお、商店街には人が来ては去り、また来ては去り、たくさんの足音と笑声がさざめくように響き合う。その波のような人の動きが落ち着いて、軒を連ねた店がぽつりぽつりと明かりを落とす頃、陽太はようやく明け方に作ったパウンドケーキをケーキボックスに入れ、がちがちに緊張した面持ちで自宅を出たのだった。

夏虫の声が響く通りを横切りながら、自宅から迫桜堂へ向かうほんの数メートルがこんなに長く感じたことはないと陽太は思った。Tシャツにハーフパンツにサンダル、という極めて軽装なのにもかかわらず、甲冑でも着込んだように体が重い。

（……泥の上を歩いてるんだか雲の上を歩いてるんだか、よくわからん）

ぬかるんだ土の上を歩くようにとんでもなく足が重いような、逆にふわふわと足元が浮いて歩いている感覚すら覚束《おぼつか》ないような、詰まる話が極度の緊張でわけがわからなくなりながら陽太は喜代治の自宅の前に辿り着く。

そうしてやっと玄関の前に立ったものの、今度はなかなかチャイムが押せない。

陽太はしばらくまごまごと指を伸ばしたり引っ込めたりしていたが、最後はやけくそ気味にボタンを連打した。ここまで来たら、もうなるようにしかならないのだ。

嫌がらせのようにチャイムを押し続けていると、中からすぐに喜代治が現れた。

当然ながら、喜代治は不機嫌そうな顔をしている。この五日間陽太に身勝手な行動をされた挙げ句、やっと来たかと思ったらチャイムを連打されたりするのだから当然だろう。

そんな険しい表情を向けられているにもかかわらず、五日ぶりに見る喜代治の姿に陽太の胸は高鳴る。黙って見詰め合っているとあっという間に頭に血が上って頬が赤くなってしまいそうで、陽太は慌てて一歩前に足を踏み出した。

「菓子持ってきたぞ！　試食しろ！」

「……さんざん待たせたくせに随分偉そうだな」

「さんざんでもないだろ、ちゃんと約束通り五日で仕上げてきたんだから」

ぶっきらぼうに答えると、陽太は喜代治の脇を通り抜け玄関先で靴を脱いだ。なんでもないふうを装ってはいるが、ほんの一瞬すれ違っただけで心拍数は急上昇だ。それどころか貧血でも起こしたように頭がくらりときて、陽太はまともに喜代治の顔を見ることもできない。

（わぁ、もう、こんなざまで告白なんてできるのかよ……！）

必死で気持ちを落ち着けようと努め、相変わらず嘘みたいに重い足をひきずるように框に上げると、先に家に上がった喜代治が肩越しに陽太を振り返った。

「切り分けるものとか、いるか？」

「え？　い、いや、いらない。もう切ってきたから」

「じゃあ、皿と茶だけ淹れてくる。先に居間に行っててくれ」

それだけ言って、喜代治は廊下の奥に消えていく。夜も遅いので職人たちは皆帰っているのだろう。奥から喜代治以外の人の気配は漂ってこない。陽太は言われた通り居間に入り、卓袱台の上にケーキボックスを置いて座布団に腰を下ろした。

喜代治を待つ間、陽太はぐるりと室内を見回す。古めかしい柱時計に、黒飴で塗り固められたような光沢のある太い柱。庭に面した障子の向こうからは虫の声が聞こえ、時折涼しい夜風が吹き込んでくる。外では蚊取り線香でもたいているのか、夜の湿った空気に混ざっていぶした草のような匂いが鼻先を掠めた。

子供の頃はこうやって、何度も喜代治の自宅で夏の夜を過ごした。福治が野球のナイター中継を見る傍ら喜代治とスイカを食べたり、庭で花火をしてみたり。

（……もしかしたらこの風景も、見納めになるかもしれないんだな……）

喜代治に想いを拒絶されたら、間違いなくもうこの家に足を踏み入れることはなくなるだろう。

やはり何も言わずにこのまま喜代治と友人関係を続けていこうかという誘惑がちらりと頭を掠めたが、陽太はすぐさま頭を振って迷いを追い払った。

（大丈夫、最悪海外逃亡すればいいだけだ……！）

緊張をほぐそうと陽太が大きく息を吐いたところで、喜代治が居間にやってきた。皿やコップの乗った盆を片手で持ち、もう一方の手で麦茶の入ったピッチャーを持っている。

「……箱、開けちまっていいのか」

「あ、いや、俺が分ける」

食器を卓袱台に置く喜代治の前で陽太は膝立ちになってケーキボックスを開ける。中にはすでに切り分けられたパウンドケーキが入っていて、陽太はそれを一切れずつ皿に取り分けて喜代治と自分の前に置いた。喜代治もコップに麦茶をつぎ、陽太の前に差し出す。

陽太はきちっと座布団に正座をすると、背筋を伸ばして喜代治と向かい合った。

さすがに今ばかりは、顔が赤くなろうと息が乱れようと喜代治から目を逸らせなかった。告白うんぬん以前に、喜代治に美味いと言わせなければ話にならないのだ。

喜代治は皿の上のパウンドケーキを見下ろすと、フォークを手に取って憮然とした表情で一切れそれを口に運ぶ。

その間も、喜代治は不機嫌な顔を崩さない。商店会長から繰り返し椋の木の家と迫桜堂の共同開発だと強調されたのに最後は陽太がひとりでケーキを作ってしまったのだから、喜代治としてはないがしろにされた気分なのだろう。

(でも、そうじゃなくて……そういうことじゃなくて、俺は——……)

陽太は膝の上で掌を握り締める。

今自分の作れる最高の菓子を食べて欲しかったのだと、そんな想いは伝わるだろうか。目の前にある、この小さなケーキひとつで。

息を飲む陽太の前で、喜代治はゆっくりと口の中のものを咀嚼する。

次の瞬間、その顔つきが変わった。

不機嫌だった表情が瞬きひとつで驚きに変わる。陽太は思わず身を乗り出した。

喜代治は皿の上に残ったパウンドケーキをまじまじと見詰めてから、顔を上げて今度は陽太の目を一直線に見た。

「生地に使った粉、変えたな」

陽太は背筋を伸ばして、うん、と頷く。

「中はしっとりしてるのに、外側がざくっとしてる。……何を入れた？」

「強力粉。歯応えが出るだろ。本当は上新粉入れようと思ったんだ。でもそれだとふわふわして、浮島みたいな食感になるから。もっと洋菓子っぽくしたかった」

「……砂糖は？」

「グラニュー糖にした。うちのパウンドケーキで使うには甘さが上品すぎるっていうか、淡泊になるから滅多に使わないんだけど、白餡の風味を残すならこれがベストだと思った。それに、お前のところの白餡、グラニュー糖かざら糖使ってたよな？　餡をベースにしたかったから、砂糖もそっちに合わせた」

喜代治が小さく目を瞠る。餡に使われている砂糖の種類を言い当てられるとは思っていなかったのだろう。このときばかりは陽太もしてやったりという顔になって、唇の端を小さく持ち上げる。

「ただで迫桜堂で働いてたわけじゃねぇぞ。盗めるものはしっかり盗ませてもらった」

「……抜け目ないな」

「職人なんだから当たり前だろ。技は教えられるものじゃなくて盗むのが定石だ」

胸を張って陽太が言い切ると、初めて喜代治の唇に笑みが浮かんだ。

微かな表情の変化にも、陽太は目を奪われる。笑った、と思ったら、それだけで胸にふつふつとなんとも言えない嬉しさが湧いてくる。

喜代治は二口目のパウンドケーキをフォークで刺して、鼻先まで持っていく。

「日本酒の匂いが随分出るようになったな。そのわりに、味の方はそれほどアルコールを感じないし、酒粕独特の匂いもしないが……どうやった?」

こちらを見る喜代治の目の奥に、好奇心とも対抗心ともつかないものがちらつき始めて、陽太はざわざわと肌が粟立《あわだ》つのを感じながら一度喉を上下させた。

「酒粕は入れなかった。あの匂い、やっぱりあんまり好きじゃない人もいると思うんだ。俺も子供の頃、酒まんじゅうはちょっと苦手だったし……」

「じゃあ、生地に日本酒入れただけなのか」

「入れた。でもそれだけじゃなくて、シロップを打ってみた」

シロップ、と繰り返して、喜代治は不思議そうな顔をする。陽太は自分の皿を手元に引き寄せ、ケーキを指し示しながら説明する。

「この、ケーキの上の部分。焼き上がると割れ目が入るだろ。その部分が乾燥しやすいから、それを防ぐためにシロップを打つんだ。塗るっていうより、刷毛《はけ》で叩き込むような感じで。乾燥を防ぐだけじゃなくて生地もしっとりするし、リキュールを入れれば香りも立つ」

「……それは、和菓子ではあんまりない手法だな」

「でも俺は、お前のメモ見て日本酒混ぜたシロップ打つこと思いついた」

シロップを打つこと自体は珍しい手法でもないのだが、基本的に椋の木の家に並ぶパウンドケーキはシロップなしだ。日常的に行われない作業はなかなか意識に浮上しない。カステラの表面にザラメを振ると喜代治が教えてくれなかったら、ケーキの表面に何かを塗るなんて思いつきもせず、ここまでケーキの完成度を上げることもできなかっただろう。

「……メモ、ありがとう」

ぶっきらぼうなくらいの口調で陽太が言うと、喜代治がわずかに目を瞠って、それからぎこちなく視線を下げた。

「……何かの足しになったのなら、何よりだ」

互いに、不機嫌なくらい声が低い。でも互いに、それが照れ隠しであることはわかっている。

微妙に膠着《こうちゃく》しそうになった空気を動かそうとしたのか、小さく咳払いをしてから喜代治はフォークに刺さったケーキを口に運んだ。それをじっくりと味わいながら、何度か頷く。

「そうだな、これならがっつり食べられるから子供に喜ばれるだろうし、酒の香りと白餡のしっとりした風味に高級感があるから、ちょっとした手土産に買ってくれる人もいるかもしれない。バターも極力抑えてるみたいだし、年輩の方にも受け入れられるんじゃないか？」

「そうだよ。本当はもっとバター使ってリッチな仕上がりにしたかったけど、お前みたいに脂っぽいとか言う奴もいるからな」

「仕方ないだろう。和菓子はほとんど脂分のない菓子なんだから。でもちゃんと、バターのこくと風味を残したのはさすがだな」

突然の褒め言葉に陽太は絶句する。悪態を返すタイミングを失って陽太が黙り込んでいると、喜代治が皿に残った最後の一切れを口に入れた。

咀嚼して、飲み込んで、口の中に残る余韻まですべて味わい切ると、喜代治は空になった皿から陽太に視線を移して、言った。

「文句なしに美味かった」

言った後、喜代治が笑った。

その瞬間、陽太の体が一気に総毛立った。爪先《つまさき》から頭に向かって、強い風でも吹き抜けたようだ。その後を追うように、怒濤のような歓喜の波が押し寄せてくる。

真正面に座る喜代治の顔を見て、美味いものを食った人の顔だ、と思ったら、いきなり鼻の奥が痛くなって陽太は勢いよく下を向いた。

（う……美味いって言われた……）

認められたと思ったら、自分でも驚くほど感動してしまった。この五日間、寝る間も惜しんで厨房にこもった苦労も一瞬で消え失せる。

すっかり胸が詰まって何も言えなくなった陽太は、俯いたままこの五日間抱え込んできた想いを心の中でだけ言葉にする。

(そのパウンドケーキ、お前のために、お前のこと考えながら作ったんだ)

試作に明け暮れる間、もうこのくらいで完成させてしてしまっていいんじゃないかと何度も思った。でもそのたびに、喜代治だったらここで妥協するだろうかと考えた。

あの男が、この程度で納得するわけがない。

そう思ったから最後の最後まで陽太は踏ん張れた。それでやっと、喜代治に美味いと言わせるまでの菓子を作り上げることができたのだ。

(……だから、俺じゃ駄目かな)

俯いて、陽太は浅い呼吸を繰り返す。言葉にできない想いが胸の中で膨らんで、今にも弾け飛びそうになるのを必死で堪える。

(俺、女じゃないし、性格もがさつだし気立てだってよくないけど、でも、こうやってお前のために飛び切り美味い菓子を作れる俺じゃ駄目か――……?)

菓子しか作れない。でも、菓子に対する情熱は誰にも負けない。

好きだと言う代わりに作った菓子は、こんなにも美味かっただろう。だから。

（……俺じゃあ、駄目か……？）

喜代治に今すぐそう告げたい。けれど気ばかりが急いてしまって上手く声が出ない。

とにかく一度落ち着かなければと陽太が己の膝頭を見詰めて何度も瞬きを繰り返していると、正面で喜代治がフォークを皿に置く音がした。

「……さすが、海外に留学しようなんて言う奴が作っただけのことはある」

必死で平常心を取り戻そうとしていた陽太は、あまりに静かなその声を一瞬聞き逃してしまいそうになり、ややあってからガバリと顔を上げた。

真向かいでは、喜代治が卓袱台の上に両手を置いてじっとこちらを見ている。陽太はじわじわと眉間に皺を寄せながら、言葉もなく喜代治の顔を見返してしまった。

確かに昨日、陽太は弘明と海外留学の話をした。けれどそれはまだまったく現実味も帯びていない話だし、昨日の今日でなぜ喜代治がそのことを知っているのかもわからない。

さまざまな疑問を渦巻かせながら、陽太はゆるゆると首を傾げる。

「……その話、どこで……？」

「どこでって……もう商店街中の噂だぞ？　お前の親父さんが朝っぱらから、商店街で会う人全員に相談持ちかけてるんじゃないかってくらい方々で言いふらしてるから……」

「相談て、どんな⁉」

まさか金の工面ができないとかそんな恥ずかしい話を言って回っているのではあるまいか

と身を乗り出した陽太に、喜代治はむしろ意外そうな顔で答えた。

「息子が海外留学したいって言うから快く了解したつもりだったけど、やっぱり淋しくて仕方がないんだって……。なんだ、お前本当に全然知らなかったのか？」

そんな話、知るわけがない。何しろ陽太は今日の朝方から夕方まで泥のようにベッドで眠り続けていたのだ。目を覚ました後は上の空で身支度を整え申し訳程度に食事をして、極限の緊張状態でここまで来たのだから両親の様子など気にかけている余裕もなかった。

（だからって商店街中に言いふらすって……何考えてんだ親父！）

明日の朝、店を開けた途端きっと陽太は常連のお客さんに質問攻めにされる。商店街を歩けば顔見知りの女将さんたちに父親の情けない様をからかわれたりするかもしれない。

そんなことを考えると気恥ずかしいやら気が重いやらで、陽太は乗り出していた体を力なく引いて、座布団の上にへたり込んだ。

家に帰ったら断固抗議してやる、と陽太が溜息混じりに思っていると、正面に座る喜代治がひっそりと呟いた。

「……そうなると、お前ともう滅多に会えなくなるな」

ほんの少し喜代治の声のトーンは沈んでいて、陽太は驚いて顔を上げる。喜代治はやっぱり陽太だけを見ていて、視線が交差した瞬間、目を逸らせなくなった。

（……離れ離れになったら淋しい、とか……思ってくれてるんだろうか……）

そうだとしたら、とんでもなく嬉しい。その勢いのまま言ってしまえる気がする。

(喜代治、俺、お前のこと――……)

陽太が震える唇を開きかける。声が喉元まで出た、そのときだった。

「最後にひとつ、いいか」

僅差で先に声を出したのは、喜代治の方だ。

最後という言葉と、喜代治の真剣な瞳に気圧されて陽太が言葉を飲んでしまうと、喜代治はわずかに逡巡するように黙り込んでから再び口を開いた。

「お前を親友と見込んで、相談があるんだが……」

親友という単語に、陽太は敏感に反応する。つい最近まで五年近く絶縁状態だったというのに親友と呼んでくれるなんて意外だった。嬉しいような気恥ずかしいような、でもそんな関係ではもう満足できないのだと自覚してしまっている自分の貪欲さに呆れるような。複雑な心境ながらも、どんな相談を持ちかけられるのかと陽太は居住まいを正す。

喜代治は斜めに視線を落として、軽く目を瞑《つぶ》ってからもう一度陽太を見た。

喜代治にしては珍しく、言葉を口にすることをためらっているようだ。一体何事だと陽太も神妙な面持ちで待ち構えていると、ようやくのこと喜代治が口を開いた。

「……好きな奴がいるんだ」

その言葉が発せられるのを待っていたように、柱にかけられた時計がボーン、と鳴った。

ボーン、ボーン、と鐘は繰り返し鳴り、陽太は座布団に正座をしたままその音を聞く。頭の中は真っ白で、なんの思考も湧いてこず、空っぽになったその場所に鐘の音だけが鳴り響く。その間も等間隔で鐘は鳴り、何回目かでふいに止まった。

部屋の中が、唐突な静寂に包まれる。

向かい合ったまま、喜代治はそれ以上何も言わない。陽太から視線を逸らすこともしない。陽太はしばらく瞬きも忘れて喜代治の顔を見ていたが、長い長い沈黙の後、やっとのことで乾いた唇を開いた。

「……そう、だったか」

そんな間の抜けた言葉を呟くことしかできなかった。自分でも驚くほど声には抑揚がない。陽太の肩からずるずると力が抜ける。できることならこのまま畳に突っ伏してしまいたいくらい、途方もない徒労感が全身を包んで押し潰す。

喜代治は相変わらず真剣な顔でこちらを見ていて、何か言わなければと思うのに声を上げる気力すら湧いてこない。黙り込んでぼんやりと喜代治を見ていると、喜代治は少し居心地悪そうに陽太から視線を逸らした。

「ただ、ちょっと問題があってな。つき合うとなっても……あんまり世間的に、受け入れられるような相手じゃない」

受け入れられない、と陽太は口の中で繰り返す。それは一体どういう間柄だろうと鈍った頭で考えて、ふいに閃《ひらめ》いた回答に陽太は目を見開いた。

（あの子か――……）

思い浮かんだのはセーラー服に三つ編みを垂らした綾乃の姿だ。

確かに女子高生となると少々世間体は悪い。何しろ相手は未成年だ。

（あ……なんだ、じゃあ……やっぱり――……）

この数日間、必死で打ち消し続けてきた疑惑は、やっぱり真実だったのだ。

土砂降りの雨の中、喜代治が店番に立つのを狙ったように店にやってきて、夜遅い時間に必死で店の戸を叩いて、最終的に自宅の玄関から家に上がるようになった綾乃はやはり、喜代治と浅からぬ関係にあったのだ。

（……そりゃあ、そうだよ、な……）

誰が考えたって答えは明白だったのに、陽太だって頭の片隅ではわかっていたのに、それでもまだ信じたくなくて目を逸らしてしまった。最後の最後まで、見苦しいくらい必死に可能性にすがろうとした。

馬鹿みたいだ、と思ったら、急に瞼《まぶた》が重くなった。自然と視線が下がっていく。

喜代治の心がここことは別のところにあるとわかったら、急に喜代治を見ているのが辛くなった。意思とは無関係に下がっていく視線を無理に上げようとすると、ギリギリと絞られるように心臓が痛む。しまいには喜代治の胸の辺りを見るのが精一杯になって、陽太は必死でそれ以上俯いてしまわないよう瞼に力を入れた。俯いたら多分、目の縁に溜まった涙が落ちてしまう。

陽太は大きく目を見開いて、よりにもよって、と強く唇を嚙んだ。

(今まで一度も恋愛相談なんてしたことなかったのに……なんで今、俺にそんなこと言うんだよ……)

残酷だ、と思った。わかっててやってるんじゃないだろうな、と八つ当たり気味に叫んで泣き喚いてしまいたかった。けれど、喜代治が自分を親友と見込んでこんな個人的な相談を持ちかけてくれたのだと思ったらそれもできなかった。

陽太はどうにか呼吸を整えると、声が震えてしまわぬよう細心の注意を払って言った。

「……だったら、とっとと告白したらいいだろ」

「……言っただろ、世間に大っぴらにできる相手じゃない」

「でもお前はそいつのことが好きなんだろ?」

覚えず、語調が荒くなる。それを皮切りに、陽太は一気にまくし立てた。

「他の誰になんて言われようと、そいつじゃなきゃ駄目なんだろ? そいつの代わりなんていないんだろ? そいつのこと独り占めにしたくて仕方ないんだろ?」

陽太が何を思ってそんなことを言っているのか知る由もないのだろう喜代治は、短く沈黙した後、うん、と頷いた。

陽太は本当に、両手で顔を覆って身も世もなく泣きたくなった。

（……俺だってそうだよ――……）

誰になんと言われようと喜代治のことが好きで、代わりになる人間なんて思いつきもしなくて、喜代治の視線も思考も全部独占したくて、それで現役女子高生とまで張り合って、この五日間寝る間も惜しんで喜代治のために菓子を作って。

報われないことは薄々感づいていたけれど、それすらも無視した。

「……だったらもう、本当にどうにもならないんだから、告白した方がいい……」

現に自分がどうにもならなかった、とは言わず、陽太は掠れた声で呟いた。

対する喜代治はまだ少し冷静らしく、でもな、と胸の前で腕を組む。

「世間体が悪いってことは、少なからず相手にだって迷惑がかかるってことだが」

「そんなもん二年も経ったら解決するだろ……」

ぼそりと陽太が返すと、聞こえなかったのか喜代治が軽く身を乗り出してきた。

確かに綾乃は未成年で、そんな相手に手を出したとなれば喜代治といえど世間から白い目で見られるかもしれないが、あと数年で彼女も成人して万事問題は解決だ。

百年経ったって性別の変わらない自分とは、わけが違うのだから。

「悪い、今の聞こえなかったんだが……」

じわじわと、視界が濁り始めた。こんなにもすぐ近くにいるのに、喜代治は自分以外の誰かのことを考えている。

瞬きをしたら本当に涙がこぼれてしまいそうで、陽太は強く握り締めた膝頭を凝視しながら大きな声で言った。

「だから！　そんなに好きなら面倒なこと考えてないで、とっとと押し倒しちまえよ！」

「デカい声で物騒なことを言うな。……それから――……」

まだ卓袱台に身を乗り出したままなのか、近くで喜代治の声がした。

「……どうしてお前が泣いてるんだ？」

喜代治の言葉が終わる前に、膝の上にぱたりと涙が落ちた。瞬きもしないのにそれはぱたぱたと落ちて膝に小さな染みを作り、陽太は無言のまま袖口で乱暴に目元を拭う。けれど拭っても拭っても涙はこぼれ、嗚咽《おえつ》を噛み殺すのに必死で言葉も出ない。

（ああ、もう、どうしよう――……）

右手で膝頭を握り締め、左の腕で目元を押さえたまま陽太は硬直する。ごまかしようもなく泣き濡れているこの状況を一体どうやってやり過ごせばいいのかさっぱりわからない。

短い呼吸を繰り返し、ぎりぎり嗚咽を堪えながら陽太は酸欠気味の頭で考える。

（もういっそ、俺もあの綾乃って子が好きだったことにしようか、それとも本当に海外留学することにして最後に打ち明け話をしてくれた喜代治に感動して泣いたことにしようか。そうじゃなかったらもう、自爆覚悟で喜代治に本当のこと言っちまうか――……）

うぐうぐと喉の奥で声を押し潰して陽太が必死に考えていると、ふいに畳を踏む音がして、喜代治が立ち上がったのがわかった。

なんだろう、ととっさに陽太は息を殺す。

足音は近づいて、陽太のすぐ傍らで止まった。さらに、その場に喜代治が膝をつく気配が続く。隣に喜代治がいる、と思った刹那《せつな》、陽太の体がぐらりと傾いた。

唐突に体が安定感を失い、背中から畳に倒れ込みそうになった。陽太は思わず目元を覆っていた腕を離しバランスをとるため腕を振り回そうとしたが、上手くいかない。両腕が胴体に押しつけられたように拘束されて動けなかった。

混乱している間に体がひっくり返り、気がつけば陽太は畳に背をつけ天井を見ていた。

リー、リー、と障子の向こうで夏虫が鳴いている。柱時計が秒を刻む音がやけに大きく聞こえて、陽太は何度も目を瞬かせた。そのたびに、こめかみを涙が伝う。

体が、重い。何かにのしかかられているようだ。

視線を動かして、陽太は本気で息を飲んだ。顔のすぐ横に、喜代治の後ろ頭がある。

忙しなく視線を巡らせると、喜代治が自分の体の上に覆いかぶさっているのがわかった。しかも、両腕できつく陽太の体を抱いた状態で。

喜代治とかつてないほど体が密着していることに気づいた陽太は、ギャッ！ と悲鳴じみた声を上げて喜代治の体の下で身を捩《よじ》った。

「ばばば、馬鹿っ！　何してんだお前！」

「……何って、押し倒せって言わなかったか」

「なんで俺を押し倒すんだよ！　俺じゃなくてお前の好きな相手を押し倒せって言ったんだよ！　お前が好きなのは俺じゃなくて——……っ…」

「お前だが」

そうだよ、あの子だろ！　と叫ぼうとして、半分口を開けたまま陽太は動けなくなった。

なんだか今、思いもかけないことを言われたような……？

再び室内に沈黙が下りて、柱時計と虫の声しか聞こえなくなる。

喜代治が何を言ったのか理解できず陽太が目を見開いて天井を見ていると、のそりと喜代治が動いて陽太の視界に割り込んできた。

「……遠回しに告白をしていたつもりだったんだが、気がつかなかったか？」

「…………え、……は？」

「確かにお前みたいに鈍い相手だったら、押し倒した方が話は早そうだな」

まだ陽太の上にのしかかったまま片肘をついて上体だけ起こし、喜代治がもう一方の手で陽太の頬に残る涙を拭ってくる。その手がやけに優しく感じて、陽太は動揺した顔を隠そうと慌てて首を振り喜代治の手を振り払った。

「おま…っ…お前な……！　そういう冗談は、面白くない！」

「俺が冗談でこんなことを言えるほど気の利いた男に見えたか」

「だったら嫌がらせか！　どっちにしろ本気じゃないだろ！　お前には……あ、あの……あ、綾乃、さんがいるだろ！」

　仮にも喜代治の想い人に対して呼び捨てはまずいかと妙な気を遣い、かなりぎこちなくなりながらも綾乃の名を出すと、陽太を見下ろしたまま喜代治が眉を互い違いにした。

「……綾乃って、本宮《もとみや》綾乃か？」

「い、いや……苗字までは知らないけど……でも！　最近ずっとこの家に出入りしてただろうが！　しかも夜遅くに！」

「見てたのか」

「見てたんじゃなくて見えたんだよ！　俺の部屋からだと嫌でもお前の家が丸見えなんだから仕方ないだろ！　むしろ見たくなかったくらいだ！」

　ふぅん、と鼻先で呟いて、喜代治がやおら陽太の前髪をかき上げる。額を全開にした陽太を見下ろし、喜代治は薄く唇に笑みを刷《は》いた。

「妬《や》いたか」

　思いがけず、陽太は息を飲んだ。図星を指されたから、というだけでなく、薄く笑った喜代治の顔が今まで見たことがないくらい艶《つや》っぽく見えたからだ。

　絶句した陽太を見下ろして喜代治は苦笑をこぼすと、なんのこともないように言った。

「あの子は単に、うちの就職志望者だ」

「え……就職……？」

「来年の春、高校を卒業したらうちで働きたいんだと。若いのに珍しく、うちの和菓子を甚《いた》く気に入ってくれたらしい」

若いのに、という部分に多少の当て擦りを感じて陽太は決まり悪く口ごもる。対する喜代治は陽太をからかっているだけのようで、それ以上は声の調子も変わらない。

「夏休み明けに進路調査書を出すことになって、親に相談したけど反対されて、それで思い余ってうちに直接来たんだよ。でも、こっちだって爺ちゃんが入院中でいいとも悪いとも言えないし、両親の承諾もとれてないなら話にならないって追い返したんだが」

追い返す、という言葉に陽太は鋭く反応する。そして、喜代治に上からのしかかられているという状況も忘れてその襟首を摑み上げてしまった。

「嘘つけ！　追い返すどころかあの子の背中抱いて店の中に入れたことあっただろ！」

「……よく見てたな」

「だから見てたんじゃなくて見えたんだよ！」

「じゃあ、あのときあの子が唇嚙んでボロボロ泣いてたのも見えてたか？」

えっ、と陽太は言葉を詰まらせる。あのとき綾乃はずっとこちらに背を向けていたから、その表情までは見ていない。俄かに口ごもった陽太を見下ろし、喜代治は後ろ頭を掻く。

「さすがに若い娘相手にきつく言いすぎたかと思って、落ち着くまで茶の一杯ぐらい飲ませてやろうとしたんだよ。でもあの綾乃って子もなかなか頑固で、入れって言ったくらいじゃ動かなかったから、ほとんど無理やり背中押して店に入れただけだ」

「で……でも、その後も、何度もここに——……」

「だから、強情にも一回断られたくらいじゃ諦めないんだよ。俺が言っても埒《らち》が明かないから途中から阿部さんにも入ってもらって、せめて親御さんの意見を尊重して専門学校卒業してからでも遅くないだろうって説得したんだが聞き分けやしない。しまいには俺に向かって、貴方だって高校卒業してすぐ店に立ったんでしょうなんて言い出して……阿部さんと一緒に毎日頭を悩ませてたんだぞ」

心底困り果てたような顔で喜代治が言う。その表情には欠片も甘さが感じられず、陽太は信じられない思いで喜代治の顔を見上げ続けた。

視線に気づいたのか、喜代治が陽太の額を指先で軽く弾く。

「で、誤解が解けたところで、これが質《たち》の悪い冗談じゃないって理解できたのか？」

真上から喜代治に尋ねられ、陽太は目を見開いたまま小さく首を振った。

「……でも、俺……男だし……」

「そうだな。間違っても女には見えない」

「がさつで短気だし……乱暴だし……」

喜代治が眉を上げて頷く。知ってる、とでもいうように。

未《いま》だに現実感が乏しいまま、陽太は半ば呆然と呟いた。

「だったら、なんで俺――……？」

本当にわからないからそう尋ねた。

事実、不思議で仕方がない。喜代治は商店街の中にとどまらず町内でもちょっと評判の色男で、性格は誠実だし、仕事だって真面目《まじめ》に取り組むし、結構本気で喜代治に言い寄ってくる客も山ほどいただろうに。それなのに、どうしてわざわざ男の自分を選ぶのか。

やっぱり何かの冗談なんじゃないかと、陽太の瞳に疑惑の色がにじむ。それを見下ろして、喜代治は苦笑と共にゆっくりと呟いた。

「相手の心臓を一発で握り込んじまった本人の方が、案外なんにも覚えてないんだな」

「……どういう意味だよ？」

「初めてお前が俺に菓子作って持ってきてくれたときのこと、覚えてないか？」

言いながら喜代治はようやく陽太の上からどいて、その隣にごろりと身を横たえた。

畳に肘をつき、その手で頭を支えて喜代治は陽太の顔を覗き込む。

陽太は相変わらず後ろ頭をべったりと畳につけたまま、飴色の天井と喜代治の顔を交互に見ながら記憶を手繰り寄せる。そういえば、弘明も初めて喜代治に持っていった菓子がどうとか言っていたが、結局何があったのかは教えてくれなかった。

陽太が眉間に皺を寄せて考え込んでいると、もういい、とばかり喜代治が陽太の眉間を指先で弾いた。

そうして陽太と並んで畳に寝転がったまま、喜代治は懐かしそうに語り始めた。

「お前が初めてうちに菓子を持ってきたのは、俺の親父の葬儀の直後だ」


喜代治の父親が亡くなったのは、喜代治がまだ九歳になったばかりの頃だ。

幼い時分のことなので記憶にはむらがあるが、葬儀にたくさんの人が訪れたことと、葬儀の後、恐ろしく家の中が静かになったことだけはよく覚えている。

喪中のため、迫桜堂は店を閉めていた。祖父の福治は仏間にこもりがちだったように思う。店が閉まっているので職人たちも皆おらず、いつもは賑やかな厨房も閑散としていた。

葬儀が終わってから、喜代治はたびたび人のいない厨房にやってきて、ひとりその場に立ち尽くした。葬儀の最中、集まった人たちが口を揃えて、『お父さんの遺志を継いでいい菓子職人になるんだよ』と喜代治に言って聞かせたからだ。

喜代治に対する励ましなのか慰めなのか、あるいは福治を気遣ってそう言ったのか、幼い喜代治にはよくわからない。ただ、自分は職人にならなければいけないのだな、と思った。

当時の喜代治はさほど和菓子にも、その職人にも興味はなかった。和菓子は嫌いではないけれど、作ってみたいと思うほどではなく、それどころか、厨房で職人が祖父に叱責《しっせき》されている様を見るのが少し怖かった。自分も厨房に立ったらあんなふうに祖父に叱られたりするのだろうか、いつもは笑みを絶やさない祖父が豹変《ひょうへん》したりするのだろかと思うと、むしろ厨房には近寄りたくなかったくらいだ。

しかし、父が亡くなってそんなことを言っている余裕はなくなった。それくらいは幼い喜代治にも肌で感じとれた。

明らかに気落ちした様子で背中を丸める福治を見て、自分が父の代わりにならなければと強く思った。皆もそれを望んでいるのだろうと思って、早く父のようにならなければと思って、それで喜代治はたびたび厨房に立つようになっていた。

まだ背伸びをしても届かない調理台に、使い方もわからない調理器具、自分の身の丈以上もある大きな蒸し器には圧倒されるばかりで、喜代治は震えそうになる膝を抑え込んでその場に立っているのが精一杯だった。

ただ、早く大人にならなくちゃ、と思った。

早く大きくなって、見たこともない器具も使えるようになって、自分は和菓子を作れるようにならなければいけない。父のように、それを望んでいるだろう祖父のために。

息が、詰まりそうだと思っていた。

そんなときだ。

『こんにちはー！　喜代治君いますかー！』

店の戸を乱暴に叩く音と、静まり返った家には似つかわしくない賑やかな声に喜代治は飛び上がるほど驚いた。何事かと店に回って戸を開けると、そこに陽太が立っていた。

斜向かいの洋菓子店の息子だという認識はあったが、それ以上に親しく口を利いたこともなく戸惑う喜代治に、陽太は満面の笑みで丸い皿に乗ったパウンドケーキを差し出した。

『ケーキ作ったんだ！　一緒に食べよう！』

どういう理由でケーキを作ったのか、それをどうしてここに持ってきたのかも説明せず、ただ真っ直ぐに陽太はケーキを突き出した。喜代治の父親が亡くなったばかりだということすら理解していないような、潑溂《はつらつ》とした笑みを浮かべて。

ほとんどその勢いに負けるように喜代治は陽太を自宅の茶の間に通し、小さな果物ナイフでパウンドケーキを切り分けた。途中、まだその意図がわからないまま陽太に尋ねる。

『……このケーキ、自分で作ったの？』

うん！　と胸を張って陽太が頷く。喜代治は綺麗に焼き色のついたケーキを切りながら、自分と同じ年でもうこんな菓子が作れるのかと感嘆の息を吐き、ついこう尋ねてしまった。

『……作るの、大変だった？』

もしかすると、陽太は両親にこの菓子を作らされたのかもしれない、と思った。陽太も洋菓子店のひとり息子だから、もう厨房に立たされているのかもしれないと。

だとしたら可哀相《かわいそう》だ、と喜代治が思っていると、陽太は一瞬ぽかんとした顔で喜代治を見

て、それから弾けるように笑った。

『全然！　凄く面白かった！』

その返答に、喜代治は驚いた顔を隠せなかった。そんな喜代治に気づかず、陽太は卵を割るのが難しかったとか、オーブンに触って火傷《やけど》をしそうになったとか、そんな話を実に楽しそうにして聞かせた。喜代治が目を奪われるくらいに、生き生きと。

唖然《あぜん》とする喜代治に、とにかく食べろと陽太が皿ごとケーキを差し出してくる。喜代治はまだ戸惑いながら、切り分けたケーキを摑んで一口頰張った。

パウンドケーキは焼きたてらしく、まだほんのりと温かく、柔らかかった。

『……美味しい』

思わず喜代治がこぼすと、目の前で陽太が笑った。大輪の花が咲きほころぶような、それは生命力に満ち満ちた鮮やかな笑みだった。

喜代治は無意識のうちにもう一度、美味しい、と呟く。

実際、パウンドケーキは美味かった。それを口に運びながら、そういえば葬儀からずっとろくに食事をしていなかったことに気がついた。美味いものを美味いと言うことも、笑うこともはしゃぐことも忘れていた自分に、陽太の笑みは眩しかった。

そのうち陽太の声を聞きつけて、仏間から福治もやってきた。陽太は臆《おく》することなく福治にも手製のパウンドケーキを勧め、言われるままそれを口にした福治も、美味いね、と笑った。それは久方ぶりに見る祖父の笑みで、気がつけば自分も一緒に笑っていた。

そうやって陽太のケーキを食べながら、ぼんやりと喜代治は理解したのだ。

悲しいときでも嬉しいときでも、変わらず菓子は甘い。悲しみにすら寄り添って、心を穏やかにしてくれる。

そのとき初めて、菓子というものに興味が湧いた。陽太が実に楽しそうに菓子を作る過程を話すのを目の当たりにして、菓子作りとはそんなに楽しいものなのだろうかと思った。

それで喜代治は生まれて初めて、自ら進んで菓子を作ったのだ。祖父や父のしていたことを見よう見真似《まね》でやってみて、自分ひとりでまんじゅうを作った。

わからないことだらけで混乱した。でもそれ以上に楽しかった。自分の作ったまんじゅうを陽太がどんな顔で食べてくれるかと想像すると、胸がはち切れるほどにわくわくした。

しかし、菓子作りは想像以上に難しいものだった。

出来上がったまんじゅうは誰の目から見ても明らかな失敗作で、形の悪い、餡の飛び出たまんじゅうを、さんざん迷ってから喜代治は陽太に差し出した。

陽太は驚いた顔でまんじゅうを見詰めてから、躊躇なくばくりとそれを頬張った。

そして、大笑いしたのだ。

焦げた餡を苦いと言って、破れた皮はぶよぶよだと笑い飛ばして、それでも陽太は喜代治が初めて作ったまんじゅうを残さず食べた。そして最後に、こう言った。

『また作ってくれよ。作り続けたらきっとどんどん美味くなるから』

確信に満ちたその言葉が、後の自分の背をどれだけ強く支えただろう。

父の代わりに菓子職人にならなくてはならないという思いが、その一言で吹っ飛んだ。

次こそは陽太に美味いと言わせたいと思った。そのためなら、祖父や他の職人に厳しくされてでも教えを乞おうと誓った。

誰かのために菓子を作ることの喜びを、陽太に身をもって教えられた。

その思いが和菓子職人を志す原点になったのだと、未だに喜代治は思っている。


障子の向こうで虫が鳴いている。いつの間にか、蚊取り線香の匂いはしなくなっていた。

カチカチと柱時計の針が立てる音に耳を傾けていると、喜代治がぽつりと呟いた。

「……お前がいなかったら、俺は今頃和菓子職人になってなかったかもしれない」

陽太は最初から最後まで天井を見上げたまま喜代治の話を聞き終え、まんじゅう、と掠れた声で言った。

「……あの焦げまんじゅう、本当にお前が初めて作った菓子だったのか——……」

「だから、なんでそっちばっかり覚えてるんだ」

軽く笑って喜代治が陽太の額を小突く。そんな親し気な仕種にまた胸をどきつかせながら、だって、と陽太は口ごもった。

おそらく葬儀の直後に菓子を持参した自分は、傷心の喜代治を慰めようとかそんな崇高なことはまったく考えておらず、それどころか桜庭家が喪中だったことすら気づいていなかったに違いない。ただ、上手く菓子が焼けたからそれをとっかかりに喜代治と話をしようとした。それだけの話だ。

そんなことを陽太が口の中で呟くと、肘をついたまま喜代治がこちらを覗き込んできた。

「……そうやってただ単純に菓子を持ってきてくれたからよかったんだ。あのとき、本当に嬉しそうに『菓子が上手く焼けたんだ』ってお前が笑ってくれなかったら、俺は一生菓子作りの楽しさに気づけなかったかもしれない」

言葉と共に、喜代治が陽太の額にかかる髪をかき上げる。見上げた瞳はいつになく穏やかで優しく、陽太の心臓が胸の内側で不規則に跳ねた。

「あれ以来、どれだけ俺が羨望《せんぼう》の眼差しでお前のことを見てたかわかるか。どれだけ特別視してたと思う」

陽太の額に掌を当て、喜代治がゆっくりと体を傾けてくる。互いの顔が近づいて、陽太はぎくりと体を強張らせた。頬の内側に火でもつけられたように、一気に顔が赤くなる。

「う、嘘つけ、お前いつも、全然そんなふうじゃなかったくせに、クラスが変わったときも、いつも休み時間にお前のところに行くのは俺の方で……俺ばっかり――……」

どんどん喜代治の顔が近づいてきて、動揺をごまかすように妙な記憶まで引っ張り出して陽太が言い募ると、すぐ側で喜代治が小さく笑った。

「そりゃ悪かった。休み時間にお前が満面の笑みで俺のところに来るたび、クラス中の羨《うらや》ましげな視線を一身に浴びるのが気持ちよくってな」

「う——羨ましがられてたのは……俺の方だろ……」

唇に喜代治の吐息がかかるほど互いの顔が近づいて、上手く声が出せない。同時に学生時代の記憶がまざまざと胸に迫ってくる。

瞼の裏に、喜代治のクラスに飛び込む直前の光景が蘇る。

喜代治はいつも教室の隅で整った顔を窓の外に向けていて、周りのクラスメイトたちはそんな喜代治にどうやって声をかけようかと手をこまねいて。

ことさら大きな声で喜代治を呼ぶ。あのときの、全身に突き刺さる無数の妬《ねた》ましげな視線と、振り返った喜代治の柔らかな笑み。胸に湧き上がる妙な優越感と独占欲は、自分だけのものだと思っていたのに。

もしかすると喜代治も、同じようなことを考えていたのだろうか。

「陽太」

ぼんやりと意識を過去に飛ばしかけていたら、ふいに喜代治に名前を呼ばれた。

額に喜代治の額が当たって、頬を片手で包まれる。焦点がぶれるほどの至近距離で喜代治は陽太の顔を覗き込み、低く切実な声で囁いた。

「……海外になんて行くな」

ただでさえ間近に迫った喜代治の顔に意識を奪われろくに思考が動いていなかった陽太は、一瞬何を言われたのかわからない。一拍おいてからやっと父が商店街中に吹聴して回っていたという海外留学の話を思い出し、陽太はどこから間違いを訂正しようかとあやふやに唇を動かす。その唇を、喜代治の指先がザラリと撫でた。

「……行くな。頼む」

唇をなぞられる感触に、陽太の背筋がぞくりと震える。喜代治は先程までの余裕を漂わせた笑みをすっかり消し去り、息の掠れるような声で囁いた。

「お前のことが、好きなんだ――……」

信じられない言葉に陽太は息を飲み、次の瞬間唇に触れていたものが変わった。

指先よりもっと柔らかなものが押しつけられる。喜代治の顔が前より近づいて、しばらく経ってからようやく喜代治にキスをされているのだと理解した。

理解したところで、驚きすぎて陽太は身じろぎひとつできない。

ほんの数十分前まで、この恋はもう絶望的だと自分は嗚咽を噛み殺していたはずなのに。気がつけば喜代治に好きだと言われて唇まで奪われている。

信じられない。だが、喜代治が嘘をつくとも思えない。

ただ呆然と喜代治の唇を甘受していた陽太は、ゆっくりと離れていくその顔を見上げながらら、まだ現実を理解できないまま口を開いた。

「き……喜代治……俺……もう、言ったっけ……？」

鼻先がつくくらいの距離で喜代治が動きを止める。唇に相手の吐息を感じながら、陽太は喘《あえ》ぐように言葉を継いだ。

「あのパウンドケーキ……お前のために作ったんだ」

「……それは初耳だ」

だったら自分はまだ全然肝心なことを言っていないし、何も喜代治に伝えていない。

そう思ったらやっと現実感が戻ってきて、陽太は両手で喜代治の顔を挟んで強引に真上に押しのけると、喜代治の顔をしっかりと見上げて声を張り上げた。

「俺も——…っ…俺もお前のこと好きだ！」

こちらを見下ろす喜代治が、驚いたように目を瞠る。

初めての告白は勢いがよすぎてムードの欠片もなかったが、陽太は精一杯喜代治に伝えようとする。喜代治が自分にそうしてくれたように、照れも戸惑いも投げ打って剝き出しの想いを伝えようと、陽太は胸に浮かんだ言葉を片っ端から口にした。

「お前のこと好きだから、こっち見て欲しかったから全力であのケーキ作ったんだ！　俺てっきり、お前は綾乃って子といい雰囲気になってるのかと思って……でもどうしても諦めきれなくて……！　最悪振られたら海外逃亡でもしようかって——……うわっ！」

言葉の途中でいきなり喜代治が陽太の両肩を摑んで畳に押しつけてきた。そうして陽太の顔を見下ろした喜代治は、深刻としか言いようのない強張った表情で言う。

「……冗談か？」

陽太は一瞬、何を言われたのかよくわからない。

直後、精一杯の告白を冗談呼ばわりされたことに気づいて陽太はカッと頰を赤くした。

「ここで冗談なんか言うか！　わかるだろ、本気かどうかぐらい！」

「でも、俺も男だぞ」

「だからわかってんだよそんなことは！　お前だって人のこと言えないだろうが！」

一世一代の告白をふいにされ、気恥ずかしいやら腹立たしいやらで陽太が喚き散らしていると、喜代治が陽太の両肩を摑んでいた手を離して陽太の背の下に腕を滑り込ませてきた。

「じゃあ、本当に」

まだ表情を硬くしたまま喜代治が陽太を抱き上げ、胸に強く陽太を抱き寄せる。

「——……好きだって言っちまっても、まだ俺の側にいてくれるのか——……」

耳を打った声は予想外に震えていて、陽太は喜代治の腕の中で小さく目を見開いた。

喜代治への想いを自覚してからのこの五日間が、ふいに生々しく胸に迫ってくる。

胸に浮かぶ不安の種は尽きず、焦がれる想いを誰かに打ち明けることもできない、長く苦しい五日間だった。本当に、こんなに長い五日はないと思うくらいだったのに。

けれど喜代治は、もっとずっと長い間、そんな不安や焦燥を隠して自分の隣に立ち続けてくれていたのだ。

好きだと言ってしまっても側にいてくれるのか、と呻いた喜代治の言葉に、どれほど喜代治が必死で想いを押し殺してきたのか思い知る。抱きしめる腕の強さからその時間の長さと想いの深さが伝わってくるようで、陽太はくしゃっと顔を歪《ゆが》めて唇を噛み締めた。

（……喜代治が俺のこと、諦めないでいてくれてよかった——……）

五年も絶縁状態が続いていた間に、諦めて他に恋人なんて作らないでいてくれてよかった。

今こうして喜代治に手が届いて、本当によかった。

そんな思いを噛み締めて強く目を閉じたら、ふいに耳元で喜代治が低く囁いた。

「だったらもう、遠慮はしなくていいか……？」

喜代治の肩に顎を乗せたまま、陽太は瞼を上げてわずかに視線をさまよわせる。

「さ……最初から、俺相手に遠慮なんかしてなかっただろ……」

「してた。遠慮も手加減も、目一杯してやってたぞ」

再び陽太を畳に押し倒しながら、喜代治がほんの少しだけ笑う。

そんなふうには思えなかったと言う前に、またしても喜代治に唇を塞がれた。だが今度は触れるだけにとどまらず舌先で唇を辿られ、陽太はびくりと肩を跳ね上がらせた。

開けろ、とでもいうように喜代治の舌が陽太の唇を何度もなぞり、時折甘く噛んでくる。

抗《あらが》う術もわからず陽太が唇を緩めると、その隙間からするりと喜代治の舌が滑り込んだ。

「ん……ぅ……っ……」

何か言おうと口を開けたら前より深く舌が差し込まれ、結局陽太は何も言えない。互いの舌が絡み合う感触に背筋がざわざわと粟立って喜代治の胸を押しのけようとするが、大きな体はびくともせず、それどころか片腕が陽太の腰の下に回されグッと強く抱き寄せられた。

「ん、ん――……っ……」

陽太の背中が仰け反る。喜代治と胸を合わせたら、ふいに腰から項《うなじ》まで指先でなぞられでもしたようにざぁっと背中が総毛立った。

（や……ヤバい……なんだかよくわからんけど、ヤバい――……っ……）

頭の片隅でそうは思うのだが、喜代治を押しのけようとする腕に力が入らない。せめて顔を背けようとしたら、上顎をザラリと舐め上げられて首すら回らなくなった。

互いの舌が絡まるたびに濡れた音が耳を打つ。呼吸が荒い。心拍数が嘘みたいに上がって、息苦しいくらいだ。それなのに、やめて欲しくないと思う自分に混乱する。

体を押し返すつもりで喜代治の胸についていた手は、いつの間にか喜代治のシャツを握り締める形で固まって動かない。柔らかな舌で余すところなく口内を蹂躙《じゅうりん》され、とろりと陽太の瞼が閉じかかる。その矢先、喜代治の大きな手が脇腹を撫で上げてきた。

「…っ…！　ちょ……っ」

Tシャツの裾をたくし上げられ、さすがに驚いた陽太が喜代治の胸を強く叩くと、互いの唇の間にわずかな隙間ができた。が、直《じか》に肌に触れてくる喜代治の手は止まる様子がない。

「ま、待て、喜代治……！　ど…っ…どこまでやる気だ……！」

この数日間、喜代治を想う気持ちだけは募らせたものの、どうにも気恥ずかしくて喜代治と唇を重ねる場面すらまともに想像できていなかった陽太は大いにうろたえる。

喜代治は陽太を見下ろして目を眇めると、唇の端を小さく持ち上げた。

「そうだな、もう遠慮なしって先に言ってることだし、どこまでもいくか」

「ど、どこまでもって、男同士だし、俺そういうの全然――……」

「わからないんだったら全部俺に任せとけ」

言葉の途中で唇を舐められ、陽太は狼狽《ろうばい》を隠せない。喜代治がこんなセクシャルな雰囲気を纏《まと》うところなど見るのは初めてで、なんだか別人と相対しているようだ。

繰り返し唇を舐められながら、陽太はわずかに震える声で尋ねた。

「け……経験あるのか……？」

喜代治のことだから過去に彼女ぐらいいたこともあるだろうが、男同士の経験となるとどうだろう。そんなことを思って尋ねたら、ふいに唇に噛みつかれた。

微かに痛みを感じて陽太が顔を顰《しか》めると、今度は同じ場所を舐められる。

「さっきの話聞いて、お前以外の人間がここに割り込めるとでも思ったか？」

　ここ、と言いながら喜代治が自分の心臓の辺りを指差してみせる。その表情はどこまでも真剣で、素で気障《きざ》な俳優めいたことをする喜代治に、陽太はゆでたタコのように顔を赤くした。

(うわ、なんか、凄い殺し文句のような、こっ恥ずかしいような……)

「そういうお前はどうなんだ」

　喜代治の顔を直視できずに視線をうろつかせていたら思わぬ質問が飛んできて、俄かに陽太の表情が固まった。

　実をいえば陽太こそ、過去に女の子とつき合った経験などない。高校時代はクラスの女子から、よくて親友、悪ければ弟のように扱われ、製菓学校に入った後は毎日の実習と店の手伝いで手一杯で女の子と仲よくなっている暇などなかった。

　とはいえそんなことを馬鹿正直に申告するのはさすがに男のプライドが刺激され黙り込むと、その様子からすべてを察したらしく、喜代治が軽く目を見開いた。

「……意外だな」

「まっ、まだ何も言ってないだろ！」

「初めてだったら、怖気づくのもわからないではないが——……」

「だから誰もそんなこと言ってないだろ！　そうじゃなくて…っ…場所が問題なんだよ！　こんな茶の間で事に及ぶのはなんか……ムードないだろ！」

こんなときに声を荒らげる自分の方がよほどムードをぶち壊しにしているという自覚もなく陽太が叫ぶと、真上からこちらを見下ろしていた喜代治がうっすらと目を細めた。

「……じゃあ、俺の部屋行くか？」

それはなんだか蜜の滴るような艶を帯びた笑みで、もしかすると自分はいいように罠《わな》にかかったのだろうかという疑念がちらりと陽太の頭を掠めた。が、一度啖呵《たんか》を切ってしまった手前もう後には引けず、陽太はガバリとその場に起き上がった。

「当然だ、行く」

「じゃあ先に行っててくれ。場所はわかるな？」

同じように起き上がった喜代治を見て、陽太は首を傾げる。幼い頃は何度も遊びに来たことのある家だから当然間取りはわかっているが、どうして一緒に行かないのだろう。

よほど陽太がきょとんとした顔をしていたからか、喜代治が苦笑混じりに腕を伸ばす。

「先に台所に行ってくる。お前は布団でも敷いててくれ」

ごく軽い口調で言って陽太の頭をぐしゃぐしゃと撫で、喜代治が身軽に立ち上がる。そういうことなら、と当たり前に頷こうとして、陽太はふと動きを止めた。

一瞬修学旅行のようなノリで頷きかけたが、布団ということは、つまり……？

（え、そ、そういう……？）

陽太の頬がボッと赤くなる。しかし布団の上で一体何を、などと考えると本気で動けなくなってしまいそうで、陽太は勢いよく立ち上がるとすでに部屋を出ようとしていた喜代治を追い抜かして廊下に出た。

そのまま後ろを振り返ることもなく廊下を歩いて喜代治の部屋までやってきた陽太は、廊下に面した襖《ふすま》を開けて中に入ると、手探りで室内の明かりをつけた。

久方ぶりに訪れる喜代治の部屋は整頓され、昔と変わらず物が少ない。机と本棚。洋服箪笥。学生の頃と比べて、増えたものもなければ減ったものもないといったところか。

陽太は部屋の奥に進むと押入れの前に立ち、深呼吸してから襖を開けた。

押入れの上段にはきちんとたたまれた布団が積んであり、まだ心も決まっていないのに自らそれを敷くのは力一杯喜代治を誘っているようだがどうなんだろう、と複雑な心境になりつつ布団を引っ張り出す。

(嫌……っていうより、全然想像してなかったからな……)

広げた敷布団の上に夏用の肌かけや枕《まくら》をポイポイと投げながら、陽太はもう一度深呼吸をする。嫌ではないけれど心臓はずっと早鐘を打ち、膝も震えているようだ。こんなにもみっともないほど緊張するのは、人生でも初めてのことかもしれない。

(喜代治と、これから……どうなるんだろう——……)

赤く火照った頬に手の甲を添えたら、背後でスラリと襖が開いた。

心臓が鷲摑みにされたように竦み上がった。硬直する陽太の後ろで襖の閉まる音がして、喜代治が畳を踏んでゆっくりと近づいてくる。

「……だ、台所……火の始末でもしてきたのか？」

なんでもない振りで平静を装ってみても、自分の声が上ずっているのがわかる。

「そんなようなもんだ」と答える喜代治の声音は普段と変わらないのに、こちらだけが妙に意識しているようなのがいたたまれず、陽太は自ら目の前にぶら下がっていた電燈の紐に指をかけた。

「じゃあ、どうする！　早速電気消すか！」

笑って、豪快に紐を引っ張ろうとしたとき。後ろからするりと喜代治の手が伸びてきて、紐を掴んだ陽太の手を握り込んだ。

背中から濃密な喜代治の気配が漂ってきて、一瞬息を飲んだ。同時に喜代治が、陽太の手ごと紐を引き下げる。かちり、と小さな音がして、室内が暗い橙色に満たされた。

「き、よ――……」

喜代治の名を呼ぼうとする声が、小さく震えて闇《やみ》に溶けた。振り返れないまま喜代治の腕が腰に回され、Tシャツの襟ぐりから覗いた首筋に口づけられる。引き寄せられ、背中から喜代治の胸にぶつかって、強く抱きしめられた。

室内の温度が、一気に上がった気がした。

抱きしめてくる喜代治の腕や胸が熱いからだろうか。首筋につけられた唇までが火傷しそうに熱い。唇はするすると移動して、陽太の耳の裏を強く吸い上げる。

「あっ……」

不意打ちに心許ない声が漏れた。それがやたらと甘く耳に響き、陽太は慌てて唇を噛む。それに気づいたのか、喜代治が陽太の耳に唇を這わせながら囁いた。

「声を殺すな」

「ば……っ…、妙な声出されたら、お前だって気が抜けるだろうが……！」

「妙でもないだろ。意外と色っぽいぞ」

それに、と囁いて、喜代治が耳の裏で笑う。

「気が抜けるどころか、俺は興奮する」

とんでもない台詞と共にTシャツの裾をたくし上げられ、直に脇腹を撫でられた陽太はすんでのところで声を殺す。結果、抗議の声もろとも飲み込んでしまうことになり、羞恥《しゅうち》で顔を赤く染め上げ唇を噛み締めることしかできなかった。

陽太が大人しくしているのをいいことに、喜代治は迷わず陽太の胸元まで掌を滑らせる。指先が胸の突起を掠め、陽太は勢いよく背筋を仰け反らせた。

「うわっ……！　おま……どこ触って……！」

首をねじって喜代治を睨みつけようとしたら、至近距離で目が合った。暗い橙色の光の下で見る喜代治の顔はいつも以上に目鼻立ちの精悍さが際立って、目を逸らせない。そんな陽

太の顔を覗き込み、喜代治が唇の端を持ち上げる。

「どこだって触る。お前の体のどこもかしこも触ってやろうと思ってるくらいだ」

「じ……冗談――……」

「冗談だと思うか……？」

ふっと陽太の唇に息を吹きかけて、喜代治は指先で陽太の胸の尖りに触れてくる。そんな場所を他人に触られるのは初めてで、むず痒いような妙な感覚に陽太が身を捩ろうとすると、もう一方の手が陽太の顔に添えられ、唇に軽く押し当てるようなキスをされた。

「あ……」

一瞬触れて離れたそれに、思わず追いすがるような声が漏れる。そのことに気恥ずかしさを覚える暇もなく胸の突起を弄《いじ》られて、陽太は後ろ頭を喜代治の肩に押しつけた。

くすぐるように胸を撫でられ、背中がぞわぞわと落ち着かない。単純にくすぐったいだけでなく、なんとももどかしい気分になってくるのがまた厄介だ。唇を掠めるキスも、居間でそうしたように深く絡まることはなく、軽く触れては離れるのを繰り返す。

「き…よじ……、あっ……！」

促したいのか止めたいのかわからないまま名前を呼んだら、ふいに指先で柔らかく胸の突起を押し潰された。痛みはなかったが、背筋に電流のようなものが走って陽太は高い声を上げる。声を殺すより先に喜代治に唇を舐められ、奥歯を噛み締めるタイミングを失った陽太は濡れた唇から震えた溜息をこぼす。

「あ……や、よせ、って……ん……」

予想外に敏感な部分を指の腹でゆっくりと押し潰されたり、円を描くようにこね回されたりして、陽太は思わず頬に添えられた喜代治の手にすがりつく。触られているのは胸なのに、どうしてか腰が疼《うず》くようだった。

しかも喜代治が深く唇を塞いでくれないおかげで、ひっきりなしに声が漏れてしまうのが恥ずかしい。掠めるように唇を触れ合わせて、舌先で舐め上げられて、まるで声を出す余地を残されているかのようだ。

（も……もしかして、わざと――……）

自分の声を聞くためか、と遅ればせながら気づいたところで、キュウっと指先で胸の突起をつまみ上げられた。それまでより少し強い力に痛みを感じても不思議はなかったのに、背中を駆け上がったのは明確な快感の波で、陽太は堪えきれずに甘い声を漏らした。

合わせたままの喜代治の唇が笑みをかたどったような気がして、やっぱり反応を見られている、と思ったら、こんなときでも生来の負けん気が頭をもたげた。

陽太は爪先立ちになると、自ら喜代治の唇に噛みつくようなキスをする。

「……っ」

さすがに驚いたのか喜代治が息を飲む。不意打ちが成功して気分をよくした陽太が薄く開いた唇に舌を差し込んでやると、胸を弄っていた指先も止まった。

やり返してやった、と、陽太が溜飲《りゅういん》を下げたのも束の間、次の瞬間喜代治は痛いほど強く陽太の体を抱きしめて、陽太の舌を強く吸い上げてきた。

「んっ……ぅん……！」

思いがけない激しさに面食らう陽太の体をかき抱いて、喜代治は深く陽太の口内に舌を割り込ませてくる。

互いの舌を押しつけ絡ませるキスは陽太の頭を芯から蕩《とろ》けさせる。あっという間に形勢が逆転したことも忘れ必死で喜代治の唇に応えようとしていると、胸に置かれていた喜代治の手が移動した。

胸の中心を通って脇腹、腰骨の上、太腿《ふともも》の外側と、本人の言う通り本気で余すところなく陽太の体を触ろうとしているかのような喜代治の手は、やがて陽太の内腿に滑り込む。

躊躇もなくハーフパンツの薄い布の上から体の中心を撫でられ、さすがに陽太も息を飲んで喜代治の腕の中で身を捩った。だが、陽太を抱き竦める喜代治の腕は緩まない。ぴったりと唇を塞がれているため制止の声を上げることもできず、それどころか口を開けばますます深く喜代治の舌が侵入して口内をかき回し、陽太はくぐもった声を漏らした。

「ん……んぅ…っ…」

布の上から何度か撫で擦られただけで、見る間に陽太の雄は形を変える。

羞恥で思考回路が焼き切れそうだ。いやいやと子供のように首を振ったらようやく喜代治も唇を離してくれたが、この時点で陽太はすでに涙目だ。

豆電球の下でも濡れた瞳に気がついたのか、喜代治が陽太の目尻に唇を寄せる。

「……嫌か？」

勃《た》ち上がった雄をゆるりと撫でられながら問われ、正直すぎる自分の体を恨みつつ陽太は喉の奥で声を押し潰す。

「……嫌……っていうか……お前が、急に――……」

「先に煽ったのはお前だろうが」

そう言われると、返す言葉もない。陽太が口ごもっていると、その隙を狙ったかのように喜代治が陽太の穿《は》いているハーフパンツのフロントホックを外した。

喜代治に何をされたのか自覚する間もなく、腰骨に引っかけるようにして穿いていたパンツがばさりと畳に落ちる。

ぎょっと目を見開いたら下着まで引き下ろされて、陽太は飛び上がるほど驚いた。

「き…っ…喜代治！　おま、待て待て待て！」

「待てない。もう、十分待った」

掌で直に握り込まれ陽太は息を飲む。首筋に喜代治の唇が押し当てられ、肌で喜代治の呼吸を感じたら全身が震え上がった。

「高校卒業してから五年、徹底的にお前に避けられて俺がどんな気分だったと思う」

大きな手で包み込まれて、もう陽太は声も出ない。かろうじて耳元で囁かれる喜代治の声に耳を傾けるが、上手く理解できているのかもわからないくらいだ。

「どんな些細なきっかけでもいい、少しでもお前が近づいてきたらどうにかしてこっちに引きずり込んでやろうって、焦がれるほど待ってたんだぞ……？」

言葉も終わらぬうちにゆるゆると扱《しご》かれ陽太は身を捩る。羞恥と快感にまみれた頭では喜代治の言葉は半分程度しか理解できないのに、声の甘さに腰が砕ける。

「あ……あっ……あぁ……ん」

抵抗も儘ならず、陽太は喜代治の手にいいように翻弄《ほんろう》される。先端から滴る先走りで喜代治の手は濡れ、滑りがよくなったおかげで追い詰められるのもあっという間だ。そうでなくとも他人に触られるのなんて初めてで、自分とは触り方から緩急のつけ方まで何もかも違うそれに、予測もつかず攻め立てられて凌《しの》ぎようがない。

最早抗うことも忘れて息を乱しながら、他人の手から与えられる快感はこんなにも濃いものなのかと陽太は思う。自分でも信じられないくらい早く、もう限界が見えている。

（それとも、喜代治の手だから——……）

そう思ったら急に、今自分に触れているのは喜代治なのだと強く意識してしまった。

まだこの商店街に越してきたばかりの頃、遠くから見詰めることしかできなかった喜代治の幼い顔や、高校時代窓辺から外を見下ろしていた喜代治の横顔を思い出す。

いつだってその目が自分を捉えると、陽太の胸は歓喜で満ちた。

（もう……あんなときから――……）

遠い記憶に意識が持っていかれそうになる。直後、喜代治の手が荒々しさを増した。

「あっ、や、待て、待ってってって――…っ…」

それまでより強い力で扱き立てられ、陽太は体を仰け反らせる。

濡れた音と乱れた息遣いが室内に響くのが、とんでもなく卑猥《ひわい》だ。その音の出所が自分だと意識すると羞恥で頭が沸騰しそうになる。それでも、今自分に触れているのが喜代治だと思うと、体が悦《よろこ》びで震え上がった。

「あ…っ…あっ……あぁ――…っ…！」

反り返った雄を掌で思う様嬲《なぶ》られて、堪えきれずに陽太は背中を弓形にする。内股が痙攣するように震え、陽太は息を詰めて喜代治の手の中に精を放った。

「は……ぁ…っ…」

欲望を解放した途端ドッと体が重くなって、陽太はその場にずるずると腰を落とす。喜代治も片腕で陽太の体を支えたまま布団に膝をついた。

陽太はそのまま力尽きたように布団に倒れ込む。喜代治の手で達してしまったと思うと、今更ながら気恥ずかしくてまともに背後を振り返れない。

耳の端まで赤くして陽太が布団に突っ伏していると、暗がりの中で喜代治が服を脱ぐ気配が伝わってきた。続けて後ろから喜代治の手が伸びて、陽太のＴシャツを脱がしにかかる。まだぼんやりとした頭で促されるまま腕を上げてＴシャツを脱ぐと、途中で何か耳慣れない音が聞こえた気がした。

金属、あるいは陶器だろうか。何か硬質なものがぶつかるような音がして、さすがになんだろうと振り返ろうとしたら、いきなり後ろから喜代治に腰を抱え上げられた。

脱力しきっていた陽太はあっさりと四つ這いの格好にさせられて息を飲む。あまりに無防備な体勢に思わず逃げを打とうとしたら、上から喜代治が覆いかぶさるようにして陽太の背中を抱き寄せてきた。

陽太の背に、喜代治の広い胸が押しつけられる。それまでもずっと背中を喜代治の胸に預けてきたが、服を着た状態で触れるのと素肌で触れるのはまるで感触が違って、うっかり逃げるのも忘れた。

（あ……なん、か……）

触れた部分から喜代治の体温が伝わってくる。互いの体温が混じり合い、溶け合うような錯覚に陽太は目が眩《くら》みそうになった。

（……気持ちいい——……）

肌を合わせているだけなのに力が抜けるほど気持ちがよく、唇から陶酔したような溜息が漏れた。見る間に腕から力が抜け、喜代治に腰を抱えられたまま陽太は布団に突っ伏した。

頬に当たるシーツはさらりとして冷たく、気を失いそうだ、と目を閉じかけたときだった。体の奥まった部分に喜代治の指先が触れ、しかもそれは思いがけずぬるりとしていて、陽太はバチリと目を開けた。

「な……何……？」

極度の緊張状態で達したせいか体力はかなり削ぎとられていて、いつものように威勢よく食ってかかることもできず肩越しに陽太は喜代治を振り返る。

陽太の背中に覆いかぶさるようにしているせいで、喜代治の顔は思いの外近い。喜代治は陽太の肩先に唇をつけながら、さらりと言った。

「妙なもんじゃねぇよ。オリーブオイルだ」

「……はっ？　なんでそんなもんがここに――……」

言いかけて陽太はふいに思い出す。この部屋に来る前、喜代治が先に台所へ立ち寄ったことを。てっきり火の始末でもしていたのかと思ったが、まさかそれを取りに行ったのか。

そこまで考えたところで喜代治の指先が狭い隘路《あいろ》に潜り込んできて、ハッと陽太は目を見開いた。

男同士のセックスがどういうものなのか、薄ぼんやりとではあるが陽太にも知識はある。だが、それを今まさに自分が体験しようとしているとは夢にも思わなかった。このまま互いの体を触り合って終わりだと思い込んでいた陽太は、自分の勘違いに気づいて顔の横でシーツを握り締める。

「き……喜代治――……」

我ながら子供じみた心細気な声で喜代治を呼んでしまった。

そんな様子に気づいたのか、喜代治は一度手を止め、伸び上がって陽太の頬に口づける。

「いきなり最後までってのはきついか?」

「う……いや、その……」

「じゃあ、今日はここら辺でやめとくか」

「え、でも――……」

先程から腰に熱い塊が押しつけられているのを知っている陽太は口ごもる。ここでやめてしまったら、喜代治は辛くないのだろうか。それともさっき喜代治にされたようなことを自分がやり返せばいいのか。それ以前にいつ自分が女役になるという暗黙の了解ができたのか、しかし逆に自分が喜代治をどうこうするというのは我ながら想像がつかない、などと混乱した頭で陽太がどんどん思考を飛躍させていると、耳元で喜代治が小さく笑った。

「構わねぇよ。またお前に距離あけられるよりは、よっぽどましだ」

そう言った喜代治の声に強がりのようなものは感じとれず、本気なんだ、と思ったら陽太の心臓が小さく跳ねた。

高校を卒業してから、五年。陽太が自分の気持ちを自覚することを恐れて喜代治を避け続けた間、喜代治は陽太が再び自分の傍らに立つのを、ただ静かに待ってくれていた。

相手の気持ちがわからないまま、それでも諦められずに過ごす辛さは陽太ももうわかっている。だから陽太はぐっと唇を嚙み、先程よりずっとしっかりした声で喜代治を呼んだ。

「喜代治……やめなくていい」

ゆっくりと陽太から身を離そうとしていた喜代治の動きが、ぴたりと止まった。それを背中で感じながら、陽太はありったけの勇気をかき集めて言葉を繫ぐ。

「……お、俺が泣いて嫌がるまでは……やめなくていい」

怯《おび》えを悟られぬよう、必死で声の震えを隠した。喜代治はそれに気づいているのかいないのか、しばらく黙り込んでから再び首を伸ばして陽太の耳元に唇を近づける。

「……これ以上進めると、お前が泣いて嫌がってもやめられなくなるかもしれないぞ？」

いつになく低い喜代治の声に、背筋が震えた。それでも陽太は前言を撤回せず、睨むような目で肩越しに喜代治を見上げた。

「俺だって、これ以上待たせてるうちにお前に目移りでもされたら嫌なんだよ……！」

暗がりの中、喜代治が虚を衝かれたような顔をする。

「……そんなことは――……」

「わかんないだろ、また綾乃みたいな子が出てきたら……！」

綾乃の存在に気づいたとき、自分がどれほどの焦燥に駆られたか喜代治は知らないのだ。大体にして喜代治は自分が稀代《きだい》の色男だという自覚が乏しすぎる、と言い募ろうとしたら、ふいに暗がりの中で喜代治が笑った。

普段、あまり大きく表情を変えない喜代治がそのとき浮かべた笑みに、陽太は思いがけず目を奪われる。どことなく面映《おもは》ゆそうな、でもとんでもなく嬉しそうな、それは大事なものを両腕で抱きしめる子供のような顔だった。

そんな満面の笑みが浮かんだのはほんの一瞬のことだったが、喜代治は唇の端を上げ機嫌よく笑ったまま、猫の子でもあやすように陽太の首筋を指先でくすぐった。

「そうか。じゃあ、くれぐれも泣かせないように努力するしかないな」

「そ、そうだぞ、くれぐれも——……ぅわっ……！」

言葉も終わらないうちに、喜代治が陽太の耳朶《じだ》を口に含んできた。突然生温《ぬる》いものに耳を覆われ、くすぐったさに陽太は首を竦める。同時に止まっていた喜代治の手が再び動き出して窄まりに触れ、陽太は小さな声を上げた。

オリーブオイルでたっぷりと濡れた指が、硬い窄まりをほぐすようにゆるゆると動く。並行して耳の縁を舌で辿られ、むずむずと曖昧な刺激に陽太は唇を噛んで声を殺した。

やがて指先が慎重に奥に入ってきて、陽太はピクリと肩を跳ね上がらせる。

「……痛むか」

陽太の耳を唇で挟んだまま喜代治が囁いて、いつもより近くて低い喜代治の声に背筋を震わせながら陽太は首を横に振った。

実際のところ、オイルを使って滑りがいいせいかほとんど痛みは感じなかった。多少の異物感や息苦しさは感じるものの、喜代治の指は存外スムーズに奥まで入ってしまう。

「……っ……」

指のつけ根まで呑《の》み込まされて、陽太はシーツを握り締める。

「……辛いか？」

喜代治の問いかけに、もう一度陽太は首を横に振った。

痛いとか辛いというより、体の内側を何かが圧迫する感覚に慣れない。初めての経験で、怖い、というのが一番近いだろうか。

さりとてそういう複雑な胸の内を上手く言葉にまとめることもできず陽太が小さく唇だけ動かすと、喜代治が軽く陽太の耳を噛んだ。

「あっ……」

微かな刺激に、声が漏れる。体がいつもより過敏になっている気がする。

そんな反応を見てとったのか、喜代治は陽太の耳の裏や襞《ひだ》に執拗《しつよう》なほど舌を這わせてくる。

それが気持ちいいのかくすぐったいのか俄かには判断もつかなかった陽太だが、耳元で響く濡れた音や息遣いが妙に淫靡《いんび》で、段々と息遣いが荒くなってきた。

「ん……んっ……あ――……っ…」

奥まで埋め込まれていた指がゆっくりと引き抜かれる。節の高い喜代治の指が出入りする感覚はやけに鮮明で、陽太は長く尾を引くような高い声を上げた。薄い耳を舐めしゃぶられながら後ろを刺激され、どちらに集中していいのかよくわからない。押し込まれ、引き抜かれ、耳を嚙まれて舐められて、途中低く掠れた声で名前を呼ばれる。

陽太、と心底大事な言葉を口にするように喜代治が囁くたびに、心臓が押し潰されたようになって息が乱れた。最初はあんなにも不安だったはずなのに、体はいつの間にか悦びで震え始めている。背中にぴたりと張りつく喜代治の胸の広さに安堵して、シーツを握り締める指先から自然と力が抜けていた。

何度目かに、陽太、と名前を呼ばれ、陽太は視線だけ上げて背後の喜代治を見遣る。喜代治は汗で額に張りついた陽太の前髪をかき上げてやりながら、陽太の顔を覗き込んで微かに目を細めた。

「……泣いてないな?」

泣いて嫌がったらやめてくれ、と最初に陽太が言っていたのを喜代治は律儀に覚えているらしい。ぼんやりと思い返して小さく頷くと、目元に喜代治が口づけてきた。

柔らかな感触に、は……、と陽太の唇から溜息のような息が漏れる。

なんだか口の中に、和三盆でできた小さな干菓子でも含まされた気分だった。ほとんど砂糖の塊に近いそれは口に入れた途端ほどけるように溶けて消え、後に微かな甘みだけが残る。一瞬で口の中から消えてしまうのに、体中の強張りを解いてしまう。

朴訥《ぼくとつ》で、甘い。安心するのに、中毒性がある。

喜代治みたいだ、と思ったら、窄まりにまた指が押し当てられた。だが、先程よりも圧迫感が強い。陽太はびくりと顎を跳ね上げる。

「き……きよ――…ぁっ…」

どうやら指をもう一本増やされたらしい。オイルの助けを借りているおかげか相変わらず動きはスムーズだが、今度は多少痛みを感じて陽太は眉根を寄せる。

「……さすがにきついか」

中を探る喜代治にもそれは伝わったらしい。喜代治が前のめりにしていた体を起こし、わずかだが背中に触れていた喜代治の胸が離れた。

背筋に冷たい風が走る。とっさに、嫌だ、と思って喜代治の体を引き寄せようと後ろを向きかけた陽太だったが、それより早く喜代治が動いた。それまで陽太の腰を支えていた手を移動させ、喜代治は陽太の雄を握り込んでくる。

「あっ！　や、やぁ……っ……」

一度達して柔らかくなったそれは、喜代治の手の中で二、三度擦られただけであっという間に硬さを取り戻してしまう。その上後ろからオイルが滴って先程よりも滑りがいい。体中の血が沸騰したように爪先から脳天まで一気に快感が駆け上り、陽太は背中を弓形にした。

「や…っ…やだ、や……ぁあっ……！　喜代治、やだって――…っ…」

陽太は切れ切れに訴えるが、喜代治が手を止める気配はない。

前を扱かれながら後ろを嬲られ、痛みや息苦しさや、それを凌駕《りょうが》する快楽が次々と襲いかかって陽太は身悶える。

刺激が強すぎて快と不快の区別がつかない。敏感な括《くび》れを指で辿られながら最奥まで指を突き入れられ、かと思えば根元から先端まで扱かれながら中で指を回されて、体がどちらの刺激に悦んでいるのかわからない。腰から下が熱くて、溶けてしまいそうだ。

「あっ、あ…っ…、や、ぁ――…っ…」

耐えきれず、固く瞑った陽太の目尻からぱらぱらと涙が散った。それに気がついたのか、容赦なく陽太を追い詰めていた喜代治の手がふいに止まる。

息を飲んだのは陽太の方だ。本格的に体が快楽を追い始めていたところでぷつりと刺激が途切れ、息苦しさに喘ぐように喉を仰け反らせる。

「……嫌か？」

しばらくぶりに、耳元まで喜代治の顔が近づいてきた。指を深く埋めたまま、喜代治は陽太の耳の裏で囁く。

「泣いて嫌がったらやめてやらなくちゃいけないんだよな？」

驚いて視線だけで振り返ると、喜代治が口元に淡い笑みを乗せてこちらを見ていた。どうやら本気で陽太が嫌がっているわけではないと承知の上でこんなことを言っているらしい。喜代治の指は中に押し込まれたまま動き出す気配がない。黙って待っていても焦《じ》らされるのが関の山だと察し、陽太は耳どころか項まで赤くして首を横に振る。

「嫌じゃない？」

今度は首を縦に振る。すると、耳の裏で喜代治が微かに笑った。

「じゃあ、気持ちいいか？」

あけすけな言葉に顔を赤くして目を上げると喜代治はやっぱり笑みを浮かべていて、陽太はギュッと眉間に皺を寄せた。

「……おま…っ…わかってて……！」

「確認だ。うっかり間違えてまたお前に逃げられでもしたら、本当に困る」

嘘つけ！　とよっぽど怒鳴りつけてやりたかったがそんな体力も残っていない。しかもきちんと言葉にして答えない限り、喜代治は本気でこのまま動かないつもりのようだ。

（……まさか五年も喜代治のこと避けてた仕返しとかされてんじゃないだろうな……⁉）

だとしたら執念深い、と思ったが、よく考えれば五年も頑として喜代治と接点を持とうとしなかった自分もどっちもどっちだ。それでも陽太が顔を赤くして言い淀んでいると、ふいに中に押し込まれたままだった指がゆっくりと引き抜かれた。

「あっ……」

ずるずると引き抜かれるそれに、自然と体が追いすがる。

「……で、どっちだ？」

追い打ちをかけるように耳元で囁かれ、陽太は観念して目を瞑った。横顔に喜代治の視線を感じ、さすがに見られたままそれを口にすることはできず陽太は両手で顔を覆う。

「——……い…ぃ……」

蚊の鳴くような声でそれだけ言うのが精一杯だった。

しかし陽太にとってはこんなことでも切腹ものの羞恥プレイだ。男の自分がこんなことをされて気持ちがいいなんて。言わされるだけでなく本心なのがまたいたたまれない。

今度こそ本気で、なんてこと言わせるんだよ！　と声を荒らげようとしたら突然奥まで指をねじ込まれた。

「あぁっ！」

後ろだけでなくすっかり硬くなった雄も一緒に扱かれ、陽太は声を殺すこともできず大きく喘いだ。その声が、糸を引くように艶めいて甘い。

短い時間とはいえ焦らされたせいか、快楽が濃厚さを増した気がした。多少残っていた痛みや息苦しさが吹き飛んで、快楽だけが襲いかかる。

「やっ、あぁっ、あぁん…っ…」

「……嫌じゃないんだろ？」

耳元で喜代治が囁いて、まだ両手で顔を覆ったまま陽太は喉をひきつらせて喘いだ。

「い……いい…っ…から……もっと……やめるな――…っ…」

またやめられてもたまらないと恥を忍んで口にしたのだが、自分の言葉に自分で煽られて一段と陽太の体は鋭敏になる。

赤く染め上げられた陽太の耳に、喜代治の声が吹き込まれた。

「自分で言わせておいてこういうことを言うのはどうかと思うんだが……」

喜代治の息遣いも少し乱れている。そんなことを思った直後、俄かに指を引き抜かれた。

衝撃に身を仰け反らせた陽太の腰を、後ろから喜代治が掴んで引き寄せる。

「妙に可愛気のある態度ばっかりとってると、後が怖いぞ」

喜代治の言葉も理解できないうちに、窄まりに熱い塊が押し当てられた。一瞬そのまま力を抜きそうになった陽太は、ハッと我に返ると体ごと捩って喜代治を振り返る。

「き……喜代治！　待った、ちょっと――……」

「やめなくていいんじゃなかったのか」

暗がりの向こうからさすがに余裕を失いつつある喜代治の声が響いてきて、陽太は大きく首を横に振った。

「そうじゃなくて……う、後ろからは嫌だ！　さっきから全然、お前の顔が見えない！」

最前から感じていた不満を陽太が吐き出すと、やおら喜代治の動きが止まった。

短い沈黙の後、やたらと長い溜息が耳を掠める。

「……お前、人の話聞いてたか？」

いっそ呆れたように呟いて喜代治が陽太の腰から手を離す。何が、と陽太が眉根を寄せると、後ろから肩を押されて体をひっくり返された。

視界が一回転して、天井と豆電球のついた電灯が目に飛び込んでくる。続いて、真上から喜代治がこちらを見下ろしてきた。

「普段見せないような可愛気のある態度ばっかりとってると、痛い目見るぞ？」

「か……可愛いって――……」

どの態度のことだ、と、照れるより先に本気で陽太は訝る。だが、思いを巡らせたのは一瞬で、すぐさま喜代治に大きく脚を開かされて些末な疑問など吹き飛んだ。

さんざん嬲られて蕩けきった場所に熱い切っ先が押し当てられる。硬く反り返ったものが狭い場所を押し開くように入ってきて、陽太は息をするのも忘れて全身を硬直させた。

指で慣らされたとはいえ、それとは比較にもならないほどの質量を持ったものが押し込まれるのだから痛みを伴わないはずがない。

喜代治が腰を進めるたびに、息が止まってしまいそうだった。引き裂かれる痛みに指の先まで反り返る。肺が圧迫されたようで、空気を取り込もうにも上手くできない。

それでもたっぷりとオイルを使ったおかげで、なんとか陽太の体は喜代治を根元まで受け入れる。とはいえ痛みや苦しさがすぐに引いてくれるわけもなく、陽太は体の脇で強くシーツを握り締めて必死で痛みをやり過ごそうとした。

「あっ……は…っ…」

止まりがちになる息を意識的に吐こうとしていると、汗ばんだ頬を何かが撫でた。

きつく閉じていた瞼をわずかに開けると、暗がりの中、喜代治の顔がすぐ側にあった。瞬きひとつする間に理解したのは、喜代治が両手で自分の頬を包んでいることだ。

喜代治は大きな掌で陽太の頬を柔らかく撫でると、荒い呼吸を繰り返してすっかり乾いてしまった陽太の唇に重ねるだけのキスをした。

途切れがちになる陽太の呼吸を少しでも妨げないようにしているのか、唇は軽く触れてすぐ離れる。けれどもまた、離れるのを嫌がるように重ねられる。

頬を包む両手は愛《いと》しさを惜しまず表現するように幾度となく陽太の頬を撫でて、陽太の心臓がギュウッと収縮した。

こんなにも大切に触れられていると思ったら、胸の底から湯水が湧くように温かなものが流れ出した。ゆるゆると、体の強張りが溶けていく。

陽太はシーツを握り締めていた指先をほどくと、その手をぎこちなく持ち上げて自分の頬を包む喜代治の手に重ねた。大きな手を握り締めるとふいに呼吸が楽になって、陽太は自ら誘うつもりで薄く唇を開く。その隙間から、するりと喜代治の舌が忍び込んだ。

「ん……」

舌が味覚を感知するだけのものでなく性感帯であることを、生まれて初めて陽太は知る。舌先を甘く嚙まれると背筋が痺《しび》れ、深く絡ませ合うと腰が熱くなった。

夢中で互いの舌を舐め合っていると、喜代治を受け入れる部分の引き攣《つ》れるような痛みも段々と意識の外へ追いやられていくようだった。それどころか、体の奥が疼くように熱い。

陽太は喜代治の手に重ねていた手を動かして、その首に両腕を回す。喜代治の体を抱き寄せると前より体が密着して、合わせた肌の温かさに体が芯からほどけていく。

唇の隙間で陽太が熱い溜息をつくと、初めて喜代治が身じろぎをした。喜代治の腰がわずかに揺れて、陽太の体に震えが走る。

「ん……う…ん…っ……」

唇が離れ、陽太は後ろ頭をシーツに押しつける。その顔を、上から喜代治が心配顔で覗き込んできた。

「……いけそうか?」

陽太はぼんやりと目を開けて、小さく頷いてみせた。

「本当だな?　無理なんてしてないだろうな」

こんな状況なのに、喜代治はまず陽太の体を気遣う。逆の立場だったら自分にそれができただろうかと考え、続けてすぐに、やっぱり自分が喜代治をどうこうするのは想像もつかない、と思い直して陽太は口元に小さな笑みを浮かべた。

微かだが表情を変えた陽太に、喜代治が驚いたような顔をする。そんな喜代治の後ろ頭をぐしゃぐしゃと撫でて、陽太は不敵な笑みを浮かべた。

「泣いて嫌がるまではやめなくていいって言っただろ……？」

言葉と共に喜代治の唇に軽くキスをすると、喜代治の頬にさっと赤味が差した。

豆電球しかついていない暗がりの中で、それはもしかすると目の錯覚だったのかもしれない。確かめようとすると、隠すように喜代治が陽太の首筋に顔を埋《うず》めてきた。

「――……そういえば俺も、もう遠慮はしないって言っておいたな」

照れ隠しのようにぼそりと呟いたと思ったら、喜代治が緩く腰を揺すり上げてきた。

「…ぅ…っ……あ…っ……」

痛みは大分薄らいでいて、むしろ内側を押し上げられる感触に肌が粟立った。奥まで突き入れられたまま腰を揺すられて、じわじわと体温が上昇する。

「あ……あっ……」

ゆっくりと腰を引かれ、また押し込まれて、内側で喜代治の存在を感じるたびに痛みに対しては鈍感に、快楽に対しては敏感になっていくようだった。喜代治を受け入れた部分が、溶けるように熱い。

「あ……あっ…ん……」

根元まで呑み込まされたとき、一際甘い声が陽太の口の端からこぼれた。その声に反応したのか、陽太の首筋に顔を埋めていた喜代治が首を上げてこちらを覗き込んできた。

「……悪くないか？」

荒い息の混ざる低い声はやたらと甘く、吐息で耳を撫でられた気分になって覚えず中にいる喜代治を締めつけてしまった。それだけでびくびくと背筋が震え、陽太は耳まで赤くして力なく喜代治の胸を拳で叩いた。

「…っ…馬鹿……っ、何言って――……」

「……いい顔してる」

「よせって……あっ……！」

腰を掴まれ、小刻みに揺らされて俄かにまともな声が出なくなった。

自分でも、声や体や表情が見る間に愉悦で蕩けていくのがわかる。なんとか声を殺そうと必死で唇を噛んで横顔をシーツに押しつけていると、頬に柔らかなものが触れた。涙目を上げればぼやけた視界の中、喜代治がじっとこちらを見ている。

「……見るなって……！」

弾んだ息の下で陽太が呟くと、喜代治が薄く目を細めた。

「嫌だ。ずっとお前のそういう顔が見たかったんだ」

「そ……そういう…っ…て」

どういう、と口にする前に、喜代治に頬をべろりと舐められた。驚く間もなく、喜代治が耳元で低く囁く。

「見るだけじゃなくて、声も聞きたかった。だから唇を噛むな」

「だ、だから、どんな――……」

「濃厚な生チョコみたいに、口に入れると舌が溶けるほど甘いやつだ」

言いながら唇の端にキスをされ、互いに同じようなことを考えている、と頭の片隅で陽太は思う。

(俺がチョコレートで、こいつが和三盆か……)

どちらにしろ甘い、と思ったら噛み締めた唇が緩んだ。首筋に喜代治の唇が這って、自然と艶めいた声が漏れる。甘い、と首筋で喜代治が呟いて、むしろその声の甘さにとろりと頭の中心が溶けたようになった。体の奥がジワリと疼き、ほとんど無意識のうちに誘うように内股を喜代治の腰に擦りつける。

柔らかな腿の感触と、硬い腰の感触に、先に狂わされたのはどちらだったのか。陽太の腰を掴む手に力がこもって、喜代治が本格的に抽挿《ちゆうそう》を開始した。

「ひっ、あっ……あぁっ……！」

勢いよく突き上げられ、陽太は顎を跳ね上げる。痛みはもうほとんどなく、手荒に内側を押し上げられると腰が溶けるほど熱くなった。熱く潤んだ内壁を切っ先で抉《えぐ》られると、目の先で火花が飛ぶほど気持ちがいい。

「あぁっ……あん、あっ……！」

「耳から溶かされちまいそうだな」

深々と陽太を貫いたまま、声に苦笑めいたものをにじませて喜代治が呟く。とっさに手で口を覆って声を殺そうとすると、それを見越したように喜代治が唇にキスを落としてきた。

「聞かせろ。どれだけ待たされたと思ってんだ」

「こ、この物好き……あっ……！」

悪態をつこうとしたら大きく腰を回してねじ込まれ、言葉の端が溶けて崩れた。

最早まともな声も出ず、喜代治の動きに翻弄される。互いの体がぶつかる音すらしそうなほど激しく突き入れられ、噛みつくようにキスをされた。

「あっ、ん……っ……んぅ…っ…」

陽太は腕を伸ばして喜代治の首をかき抱く。濡れた舌と下肢が絡まり合って、互いの体の境界線すら曖昧になりそうだ。喜代治が動くたびに腹の間で陽太の雄も擦れ、快感ばかりが濃密になっていく。内側で感じるものの熱さと硬さに眩暈《めまい》がした。そして何より喜代治の腰つきの力強さや貪《むさぼ》るようなキスの激しさに、どれだけがむしゃらに自分を求めているのか伝わってくるようで胸が一杯になる。

「んっ……は……っ、あっ、あぁ…っ…！」

息が続かなくなってどちらからともなく唇が離れた。突き上げはさらに深く激しいものになり、息が止まってしまいそうだ。打ち込まれるたび快楽は弥増《いやま》し、陽太は溺《おぼ》れる者のように必死になって喜代治の首にしがみついた。

「あっ、あぁっ、や――…っ…！」

繰り返し突き上げられて揺さぶられ、深くまで呑み込まされたまま腰を回される。そのたびに脳髄まで快感が突き抜けて、陽太は身も世もなく喘いで喜代治の背中に爪を立てた。

「あぁっ、やだ、やぁ…っ…！」

一際奥まで突き入れられたとき、嚙み締めた奥歯が鳴るほど感じてしまって陽太は背中を山形にした。内股で喜代治の腰を締めつけて、爪先まで突っ張らせる。

ギリギリと引き絞った弓のように全身が硬直する。息ができない。喉が仰け反る。

喜代治が小さく息を飲んで、陽太の腰を抱え直した。身構える暇もなく、大きく腰を引いた喜代治が二度、三度と最奥まで自身をねじ込んできて、陽太は内股を痙攣させた。

「あぁっ、あっ、あっ……あ――…っ…！」

柔らかくほどけた場所を手加減なく抉られて、陽太は絶頂へと追いやられる。

「……っ……！」

互いの腹の間で陽太が吐精するのとほぼ同時に、内側に勢いよく飛沫《ひまつ》が叩きつけられた。

喜代治の背中が小さく痙攣して、ゆっくりとその体から力が抜ける。

全身に喜代治の重みを感じながら、陽太もずるずると脱力する。すぐ側にある喜代治の熱や匂いにひどく安心して、とろりと瞼が重くなった。

急速に意識が遠ざかる中、喜代治が両腕で強く自分を抱きしめてきた。そんなことにまた安堵していたら、唇に柔らかくキスを落とされる。

一瞬触れて、離れる。軽い口どけの和三盆のようなキスだ。

（……お前の方が、よっぽど甘いじゃねぇか――……）

そう呟いたつもりだったが、実際声に出ていたかどうかはわからない。ただ、唇の先で喜代治が苦笑じみたものをこぼした気がした。

伝わったかな、と思ったら陽太の口の端にも笑みが上り、それきり陽太はぷっつりと意識を手放してしまったのだった。


また一枚カレンダーがめくられて、暦は九月に入った。

まだまだ残暑は続いているが、夕方になれば少し涼しい風が吹くようになってきた頃、椋の木の家に、会社帰りと思《おぼ》しきスーツ姿の女性がやってきた。

「すみません、葵ケーキまだ残ってますか？」

店番をしていたのは陽太と弘明で、先に女性に気づいた弘明が困った顔で頭を下げた。

「申し訳ありません、葵ケーキはもう完売で……」

そうですか……、と肩を落としたものの、女性は代わりにイチジクのパウンドケーキを買って店を出ていった。その後ろ姿を見送って、弘明は陽太と向き合い小首を傾げる。

「最近こういうこと、多いね。今度からちょっと多目に作るようにしようか？」

「あー……それは、どうかな。まだ葵ケーキは売り出したばっかりだから目新しくて買いに来てくれる人が多いだけかもしれないし、もうしばらくはこのままの数量でいいんじゃね？それにあんまり手に入らない方が、希少性が出ていいかもしれない」

「そうかもしれないいんだけど、お客さんをがっかりさせるのはちょっと忍びなくて……」

商売っ気のない父親の発言に、これは近々数量増加になりそうだと陽太は肩を竦めた。

葵ケーキとはもちろん、椋の木の家と迫桜堂が共同開発した白餡パウンドケーキのことだ。名前だけ聞いたら一体どんな菓子なのかよくわからないが、商店会長直々の命名なので陽太も喜代治も文句は言えずこの名になった。

葵ケーキは発売からすでに半月ほど経つが売れ行きは好調で、毎日ほぼ完売状態だ。

ちなみにケーキが売られているのは椋の木の家のみで、迫桜堂には置かれていない。

迫桜堂の厨房では一度に大量のパウンドケーキを作ることはできないので自然とそういう

流れになったのだが、ケーキの商品プレートに迫桜堂の白餡を使用していることをきっちり明記したおかげか、迫桜堂もここのところ客の入りが増えているらしい。

「このケーキのおかげで、うちもお客さんが増えたよね。商店会長も喜んでたよ。ここのところ近所の女子高生たちも商店街に来てくれるようになったって」

確かに最近、店には女子高生がよくやってくる。葵ケーキは一切れごとに切り売りもしているので、学校帰りにおやつ感覚で買っていくらしい。

「陽君がこんなケーキを作れるようになるなんて、父さん鼻が高いなぁ」

「いや……それは、喜代治が一緒に考えたからで……」

実際のところ、迫桜堂の手伝いの合間に喜代治と相談を重ねたのが土台になって陽太はさまざまなアイデアを出せたのだし、商店会長に味見をしてもらう前に最後の調整を喜代治と二人でしていたりするのだが、弘明はすっかり感心した様子で手放しに陽太を褒めそやす。

「陽君もうちに残ってくれるっていうし、椋の木の家も安泰だ」

心底嬉しそうにそんなことを言う弘明に陽太は肩を落とす。

喜代治の真意を知り海外逃亡する必要もなくなったので、留学の件はいったん白紙に戻すこととなった。方々に留学のことを吹聴して回った弘明には家庭の事情を外にばらすなときつく言ったのだが、翌日には留学は取りやめになったと商店街中の知り得るところになったので、あまり効果はなかったようだ。

すでに諦めの境地で陽太が溜息をついていると、突然弘明が何かを思い出した顔で手を打った。

「そういえば、喜代治君にもお礼を言っておかなくちゃいけないね」

「うん。あいつがいなかったらケーキは完成しなかっただろうし……」

「いや、それもあるんだけど。商店会長がこの前ちらっとこぼしたんだよね。最初は迫桜堂さんと一緒に商品開発するの、うちのお店じゃなかったんだって」

知ってた？　と弘明に尋ねられ陽太はぶるぶると首を左右に振った。そんな話は初耳だ。

「最初は迫桜堂さんと、うちの三軒隣にあるパン屋さんで共同開発してもらう予定だったらしいよ？　でも喜代治君にその話を持ちかけたら、椋の木の家との共同開発だったらやっても構わないって言われたって……」

「え？　そんな話、あいつ一言も——……」

きょとんとした顔で互いに顔を見合わせていると、厨房から慌ただしい足音が響いてきた。振り返ると、大きな皿を片手に節子がカウンターの裏に駆け込んできたところだ。しかも皿の上には、なぜか桃が幾つか積まれている。

先日田舎《いなか》に住む祖父母から送られてきたばかりの桃だ。なぜそんなものを持ってきたのかと弘明と二人不思議な顔をしていると、節子が勢いよく陽太の腕を摑んで引き寄せた。

「陽太！　アンタ今から、この桃持って迫桜堂さんに行ってらっしゃい！」

「え、い、今？　店閉めた後じゃなくて……？」

「今よ、今！　今ね、迫桜堂さんの自宅にお下げ結った可愛い子が入ってったの！」

陽太はすぐにピンとくる。おそらくそれは綾乃だろう。

「来客中なんだから、やっぱり後にした方がいいんじゃ……？」

「逆よ、今行かなかったら様子がわからないじゃない！」

どうにも節子の話が飲み込めず、陽太は首を傾げる。その様子を見て、節子はもどかしそうに商店街で綾乃の存在が噂になっているのだとまくし立てた。なんでも、たびたび迫桜堂を訪れるあの若い女の子は誰だ、とさまざまな憶測が飛び交っているらしい。

足繁く迫桜堂に通う綾乃の存在に気づいていたのは、陽太だけではなかったようだ。

「だからってそんな、詮索《せんさく》するような真似するのはどうかと思うけどなぁ……？」

やんわりと弘明が割って入るが、節子はきっぱりとそれを否定する。

「詮索じゃないわよ。でももしかしたらあの子、喜代治君のお嫁さんになるかもしれないじゃない！　そうなったらお祝いも用意しておかなくちゃいけないし」

「結婚って飛躍しすぎだろ。大体あの子、迫桜堂に就職希望してる子らしいけど」

相変わらず母のお節介と好奇心は並みじゃないなぁと呆れ半分に思いながら陽太が告げると、桃の乗った皿を持ったまま節子がまじまじと陽太の顔を見上げてきた。

「喜代治君がそう言ったの？」

「言ってたよ。急な話で喜代治も困ってるって——……」

「でもそれってもしかしたら照れ隠しの嘘かもしれないじゃない？」

幼馴染みのアンタにはつき合ってるって言いにくいのかもしれないわよ、と自身の仮説を確信した顔で言って節子が皿を陽太に押しつけてくる。

こうなってしまうと、節子はもう他人の言葉に耳を貸さない。仕方なく陽太は桃を受け取り、節子に命じられるまま迫桜堂の様子を偵察に行くことになったのだった。

（……とはいえ、実際喜代治の家に行って見たままを伝えたとしても、信じてくれるかどうかわかんねぇけどなぁ……）

最終的にはなんだかんだと理由をつけて自分で見聞きしないと信じないのだろうな、と思いながら陽太が桜庭家の玄関前にやってくると、ちょうど家の中から人が出てきた。

誰かと思えば、渦中の人物である綾乃だ。

道路に下りてきた綾乃は陽太に気づくと、すぐに小さく頭を下げてきた。陽太も会釈を返したものの、そのまま通り過ぎるべきか一声かけるべきか、一瞬迷って足が止まる。

言葉を探していると、意外にも綾乃の方が先に陽太に声をかけてきた。

「あの、小椋さん、ですよね。椋の木の家の……」

学校帰りなのか、セーラー服にローファーを履いた綾乃が駆け寄ってきて陽太の前でもう一度頭を下げる。つられたように陽太も一緒に頭を下げると、綾乃がパッと顔を上げた。

「私、以前新聞部として取材に伺った者ですが」

「ああ、うん。覚えてるよ」

「その節は、大変失礼しました」

一度上げた頭を再三綾乃が下げる。しかも今度は腰を直角に折る最敬礼だ。

突然の謝罪にぎょっとする陽太の前で頭を下げたまま、綾乃は言った。

「新聞記事の内容が実際の取材と異なっているのはもうご存じのことと思いますが、ご不快な思いをさせてしまったのではないかと部員一同大変申し訳なく——……」

「うわ！　ちょ、ちょっと待った！　いいから、それはいいから、頭上げてくれ！」

こんな公道の真ん中で頭など下げられたら、また誰にどんな噂を立てられるかわかったものではない。陽太が必死で宥めすかすと、ようやく綾乃も顔を上げてくれた。

相変わらず意思の強い瞳で真っ直ぐ綾乃に見上げられ、陽太は弱り顔で頬を掻いた。

「いや、俺は実際と内容が違っててもあんまり気にしないけどさ……むしろ謝りに行くなら喜代治の方を先にした方がいいんじゃないかな……？」

すると綾乃は真っ黒な目で陽太を見詰めたまま、しっかりと首を横に振った。

「そちらについては問題ありません」

「え？　でも、どっちかっていうと喜代治の方が根は真面目だから——……」

「記事の内容を書き換えた方がいいと助言してくださったのは、桜庭さんです」

はっ？　と陽太の口から素っ頓狂な声が漏れる。綾乃は構わず、続けて言った。

「小椋さんが和菓子は苦手だと言っていたと伝えたら、だったら仲の悪いパティシエと和菓子職人という体裁にした方が、記事が面白くなるのではないかと」

思いもかけない綾乃の言葉に陽太は何度も目を瞬かせる。喜代治のような無骨な男がそんなエンターテインメント精神を発揮するとは意外だった。

仔細《しさい》を尋ねようとしたものの、綾乃はもう一度深々と頭を下げると、後日また改めて部員たちとご挨拶に伺います、と言い置いて商店街の方へ去っていってしまった。

道の真ん中に取り残された陽太は、なんとなく手の中の桃など見下ろしてから、確かになぁ、とひとりごちる。

高校の新聞部とはいえ、あの記事の改ざんっぷりはむちゃくちゃだった。だが、喜代治の提案でそうしたというならまだ納得もいく。とはいえ、どうして喜代治が柄にもなくそんなことを言い出したのかはさっぱりわからないが。

首を傾げながら陽太がチャイムを押すと、間をおかず戸口から喜代治が顔を出した。

今日は水曜日で迫桜堂は定休日だから、喜代治はジーンズにシャツというラフな格好をしている。陽太の顔を見ると、ほんの少し驚いたような顔をして表に出てきた。

「どうした、こんな時間に来るなんて珍しいな」

「ん、母さんがこれお裾分けしてこいって言うから……」

門扉を開いて玄関に歩み寄りながら、陽太は皿に乗った桃を差し出す。喜代治は皿ごと桃を受け取ると、穏やかに目を細めた。

「わざわざ悪いな。ありがとう。……少し寄ってく時間、あるか？」

一瞬だけ店番のことが頭を掠めたが、偵察に行ってこいと言ったのは節子だし、少しくらいのんびりしていってもいいかと勝手に解釈して陽太は大きく頷いた。

「そういえば今、例の綾乃って子に会ったんだけど――……」

家に上がった陽太は廊下を歩きながら、前を行く喜代治に記事改ざんの真偽を尋ねようと声をかける。すると、振り返った喜代治が唇の端を持ち上げるようにして笑った。

「ああ、あの子な。来年の春から、うちで働くことになったぞ」

予想だにしていなかった一言に、うっかり足が止まった。

喜代治の言葉を理解するのに少し時間がかかり、ようやくその意味を把握すると、陽太は驚きに目を見開いて喜代治の隣に駆け寄った。

「えっ！　だってあの子、ここで働くこと親に反対されてたんじゃ⁉」

「さすがの親御さんも夏休み一杯かけて説得されて、根負けしたらしい」

「じゃあ爺ちゃんは！　爺ちゃんはなんて⁉」

福治が退院してから、すでに二週間以上が過ぎている。陽太も何度か福治と会っているが、様子を見る限り経過は順調なようだし、すでに綾乃とも話をしているだろう。

息を詰めて答えを待つ陽太を見下ろし、喜代治は肩を竦めてみせた。

「それがな、一番あの子を気に入ったのは、当の爺ちゃんだ」

「え…っ…！　まさか爺ちゃん、若い女の子だからって……」

「そこまで爺ちゃんも色ボケしてねぇよ。ただ、ついこの間あの子が、爺ちゃんの全快祝いにって紅白のまんじゅう作ってきたんだ。それ食って、採用を決めたらしい」

「そ、そんなに美味かったのか……？」

まぁな、と喜代治は答えたものの、さほどでもなかったことはその横顔を見れば明白だ。ならばなぜ、と陽太が首を傾げると、前方に視線を向けたまま喜代治は言った。

「多分、和菓子屋に手作りのまんじゅうなんて持ってくる度胸を買ったのと――それから、爺ちゃんがまんじゅう作りの基本を軽く教えてやったとき、目を爛々《らんらん》と輝かせて話に聞き入ってた姿を見て、うちの職人として受け入れようと思ったんだろうな」

ああ、と陽太の唇から納得したような声が漏れた。確かにそれは、いかにも福治が人を選ぶときの判断基準にしそうなことだ。度胸と情熱、それから菓子に対する愛着。それさえあれば、きっと福治はどんな人間でも受け入れる。

「あの子が来るって決まったら爺ちゃん張り切っちまって、今も女物の調理服探しに商店街を歩き回ってる。まだまだ、来年の春の話なのにな」

「そうやって元気にしてるなら何よりだろ。それより……」

喜代治と一緒に台所までやってきた陽太は、室内の中央に置かれているテーブルから椅子を抜いてドカリとそこに腰を下ろした。

「……お前本当に、あの子のこと好きでもなんでもないんだろうな……？」

ぼそりと呟くと、流しで桃を洗っていた喜代治が驚いた顔でこちらを振り返った。

思い切って言ってみたはいいものの、まじまじと見詰められるとさすがに羞恥心が湧く。

陽太がそっぽを向くと、水音に混じって喜代治が小さく笑う声がした。

「妬きもちか？」

まさか！　と即答してみたものの自分でもどうも説得力に欠ける。そのまま陽太が黙り込んでしまうと、喜代治は笑いを噛み殺したような声で言った。

「心配するな。お前以外好きじゃない」

「…っ…！　な、なん…っ…」

「それに、あの子は俺じゃなくて、阿部さんが好きだ」

さらりと気恥ずかしいことを言われて席を立ちかけた陽太は、続く言葉で腰を浮かせたまま動けなくなった。真っ白になった頭の中を、いかにも職人気質といった風情で仏頂面を崩さない阿部の顔が過ぎる。自覚するより先に、驚愕の声が口から飛び出た。

「あっ、阿部さんて、あの阿部さん⁉　え、だってもう四十過ぎてるのに……⁉」

陽太に背を向けたまま、今度こそ声を上げて喜代治が笑う。綺麗に皮を剝いた桃を器に並べながら、喜代治は喉の奥で笑って頷いた。

「俺も驚いた。あの子を説得するとき、どうも俺相手じゃまともに話を聞かないから途中から阿部さんに全部任せちまってたんだが、そうしたらいつの間にか……」

「で、でも、阿部さんは？　阿部さんも……？」

「まあ、まんざらでもなさそうだったし、もしかするともしかするかもな」

透明な器に盛られた桃がテーブルに置かれ、陽太はそれを見ながら魂まで抜けるような溜息を吐いた。本当に、これは予期していなかった展開だ。

しかし、どうしてだろう。不思議と口元が緩んできて、陽太は掌で口を覆う。

「……阿部さん、ずっと独身だったんだっけ？」

「ああ、十代の頃からうちの店で働き尽くめで、所帯を持ってる暇もなかったらしい」

「…………なんとなく、応援したい気がする」

あの無骨な阿部と、美人だけれど四角四面で少々表情の乏しい綾乃が、二人でいるときは向かい合ってはにかんだりするのだろうかと思うとなんだか微笑ましい。二十歳以上年が離れていることも咎める気にはなれずチラリと喜代治の顔を窺うと、流し台に凭れて立つ喜代治も、俺もだ、というふうに笑って頷いた。途端に、陽太の顔にも満面の笑みが咲く。

「そっか……！　じゃあ俺こっそり応援しよう！　でもあの子、さっき表で会ったときはそんな素振り全然見せなかったのに――……」

テーブルの下で足を前後に揺らしながら機嫌よくそこまで言って、はたと陽太は思い出した。そういえば、記事改ざんの件を喜代治にまだ尋ねていなかった。

「そうだよ、この前の学校新聞！　取材の内容と記事の内容、ちょっと変えるように言ったのお前なんだって？」

冷蔵庫から麦茶の入ったピッチャーを取り出していた喜代治が振り返る。その顔を見上げ、陽太はさらにつけ足した。

「あと、商店会長から新商品の開発の話がきたとき、迫桜堂と別の店が共同開発することになってたのに、お前がうちとやりたいって言ったって聞いたけど、本当か？」

氷を入れたグラスに麦茶をつぎながら、そんなこともあったな、と喜代治は答える。慌てるでもなければ驚くでもないその横顔に、陽太は思い切り眉根を寄せた。

「俺そんな話聞いてなかったぞ」

「言ってなかったからな」

「だから、なんで言わなかったんだよ？」

グラスになみなみと麦茶をついだ喜代治が、静かにピッチャーを流し台に置く。そして、陽太を見遣ってわずかに首を傾けた。

「そうでもしないとお前、俺と口も利かなかっただろう？」

わからないか？　とでもいうようにジッと目を覗き込まれ、陽太は軽く瞬きをする。

沈黙の間に喜代治がグラスを陽太の前まで持ってきて、コトン、とそれがテーブルを叩いたとき、脳裏に稲妻でも閃いたようにやっと陽太は理解した。

（もしかして、俺と話す機会を作ろうとして——……？）

洋菓子を容赦なく貶《けな》す発言を新聞に載せたのは、それを見た陽太が頭に血を上らせて店に乗り込んでくることを見越してのことで、商店会長に椋の木の家との共同開発を勧めたのは強制的に二人になる時間を作るため、ということだろうか。

わかった途端、陽太はどんな顔をしたらいいのかわからなくなる。自分のためにそんなにも必死になるなんて大袈裟《おおげさ》だと思うような、でも少し嬉しいような照れ臭いような。

喜代治は立ったまま自分のグラスを口元に運び、鈍いな、と呟いた。

「鈍感な相手を口説くのは本当に骨が折れる……」

「う…っ…うるさい！　わかるかそんなもん！　大体お前…っ…」

顔を赤くしたまま陽太が勢いよく顔を上げると、狙い澄ましたタイミングで身を屈めた喜代治にキスをされた。チュッと小気味よい音を立てて離れた唇に、一瞬で言葉を奪われる。

うっかり何も言えなくなってしまった陽太の顔を見下ろし、喜代治が不敵に笑った。

「ずいぶん待たされたが、やっと俺のもんだ」

機嫌よく言って、喜代治は身軽に踵《きびす》を返す。

「どうせだったら菓子も食ってけ。お前に味見してもらいたいものがあるんだ」

そう言って、陽太の反応も見ずに喜代治は厨房へ行ってしまったようだ。

ひとり台所に残された陽太は、喜代治の足音が聞こえなくなるとテーブルに突っ伏して頭を抱えた。あんなやり取りが悔しいより、どことなく幸せなのがまた癪《しゃく》だ。

陽太がうんうん唸っていると再び喜代治が台所に戻ってきて、陽太の顔のすぐ脇に何かを置いた。まだ赤く染まった頰を元に戻せないまま陽太がもそもそと顔を上げれば、そこには小皿に乗った最中が二つ並んでいる。一目見て、陽太はガバリと体を起こした。

「これ、迫桜堂で売ってる最中じゃないな?」

「……どうしてそう思う?」

「だって皮の色が違うだろ。あと……匂いも?」

よく一発でわかるな、と苦笑して、喜代治が陽太の向かいの椅子に腰を下ろした。

「店には出してない。俺が作った菓子だ」

食ってみてくれ、と促され、陽太は躊躇なく最中を口に放り込んだ。

口の中で最中の皮がぱりっと音を立てる。安定した湿度管理下で作られている証拠だ。湿度管理がずさんだと個包装された袋の内側に水滴がついてしまったりして、そういうのは皮がふにゃふにゃで食べた気がしない。餡の水分量も重要で、水っぽい餡だとあっという間に皮が湿気る。

このバランスはさすがだ、と思いながら口を動かしていた陽太は、ふいに鼻から抜けた香りに思わず目を見開いた。そんな陽太の表情を、向かいで喜代治がじっと見ている。

最中を飲み込み、口の中に残った風味まで逃さず味わってから陽太は口を開いた。

「……やっぱり、皮が全然違うな。焼き時間が……長い？」

「ああ。内焦がしにしてるからな。表面の色で見るよりずっと長いこと火に当ててる」

「餡も……最中餡にしたってかなり水分飛ばしてるよな？　でも香りがすごくいい。甘さが濃厚で……砂糖も違うだろ？　……黒糖？」

正解、と喜代治が頷く。その唇に、いつの間にか笑みが乗っていた。まるでひとつひとつ陽太が言い当てるのを楽しんでいるかのようだ。

陽太はテーブルの一点を見詰め、最中の味をもう一度舌の上で再現する。鼻から抜けた匂いは、ただ皮を焦がしただけのそれではないような気がした。

「なんか、皮の素材も……変えたか？」

「変えた。普段はうるち米百パーセントのものしか使わないんだが、これには粉末状にしたほうじ茶を入れてる」

あっ、と陽太は小さな声を上げた。

通常の最中にはない香ばしさの正体に愕然とする。そんなものを皮に練り込むという手法が存在するとは知らなかった。それともこれは、喜代治が独自に編み出した製法なのか。

（……こんなもんひとりで作っちまったのか、こいつ……）

急に水をあけられた気分で皿に残った最中を見下ろしていると、正面から喜代治の視線を感じた。顔を上げると、感想を待つように喜代治がこちらを見ている。

ふいに陽太は、葵ケーキをひとりで作り上げて喜代治の元へ持っていったときのことを思い出した。あのとき喜代治はケーキを食べてから一頻り陽太の改善点を言い当て、最後の最後に、感想を口にした。

（……もしかして、あのときこいつも、こんな気分だったのかな）

陽太は眉根を寄せ、残った最中も口に放り込んだ。相変わらず、皮はパリッと歯当たりよく、餡も濃厚だがしつこくない甘さだ。そして何より、鼻から抜ける香りがいい。

手放しで称賛したい反面、同じ菓子職人として少し悔しいような気がするのもまた事実。口に入れてすぐ美味いと言わなかった喜代治の気持ちが、今になってやっとわかった。

複雑な心境を飲み込んで、陽太はようやく感想を口にした。それは期せずして、パウンドケーキを食べたときの喜代治とまったく同じ台詞となる。

「――……文句なしに、美味かった」

陽太の返答に喜代治が笑う。喜代治にしては珍しく感情を露わにして、心底嬉しそうに。

そして満面の笑みを浮かべたまま、喜代治はこんなことを言った。

「懐かしい味だろう？」

その言葉に、ああやっぱり、と陽太は頷く。喜代治と同様、自分の唇にも笑みが浮かんでいくのを感じながら。

内焦がしにしてギリギリまで火を当て、ほうじ茶を練り込んだ香ばしい最中。

それはいつか食べた、焦げまんじゅうの風味を思い出させた。

あとがき

和菓子だろうと洋菓子だろうと甘いお菓子は節操なく好きな海野です、こんにちは。もう本当にお菓子大好きで、たとえ家に買い置きがなくてもどうしても食べたければキッチンで作っちゃうよ、というくらい好きです。実際クッキーとマフィンとパウンドケーキはかなりの頻度で焼いている気がします。

子供の頃も暇さえあればお菓子を作っていました。当時はまだオーブンがなかったので、フライパンやオーブントースターで何回にも分けて大量のクッキーとか焼いていたものです。他にもホットケーキを焼いたりクレープを焼いたり、ドーナツなんかもよく作りました。油を使うのでドーナツを揚げるときだけは母と一緒でしたが、それ以外はひとりで黙々と。どちらかと言うと作るより食べるのが目的だったので！

最近は趣味の欄に、『お菓子作り』ではなく『作った菓子を食べること』と書くようになりました。やってることはほぼ同じはずなのに俄かに可愛気が失せてしまうから不思議です。

こんなにお菓子が好きなんだからいつかお菓子にまつわる話を書いてみようと前々から思っていたので、こうしてパティシエと和菓子職人のお話が書けて本当に楽しかったです。お菓子って素晴らしい。

そんな菓子尽くしのお話のイラストを担当してくださった高久尚子様、ありがとうございます！　ラフを拝見したとき、陽太があまりにも陽太だったので「そうなんです、この青年なんですよ！」と一頻り興奮しました。喜代治もおっさん臭い名前だけど男前という設定通りの美丈夫で万々歳でした。二人とも心底ときめくいい男なので皆様にもたんまり堪能していただければと思います。

そして末尾になりますが、この本を手に取ってくださった読者の皆様、本当にありがとうございます。少しでも楽しんでいただけましたらこれ以上の幸いはありません。

それではまた、どこかで。

この本が、甘いお菓子のように皆様の心に寄り添ってくれることを祈って。

海野幸

海野幸先生、高久尚子先生へのお便り、
本作品に関するご意見、ご感想などは
〒101-8405
東京都千代田区三崎町2-18-11
二見書房　シャレード文庫
「この味覚えてる？」係まで。

本作品は書き下ろしです

CHARADE BUNKO

この味《あじ》覚《おぼ》えてる？

【著者】海野幸《うみのさち》

【発行所】株式会社二見書房
東京都千代田区三崎町2-18-11
電話　03（3515）2311［営業］
　　　03（3515）2314［編集］
振替　00170-4-2639
【印刷】株式会社堀内印刷所
【製本】ナショナル製本協同組合

ISBN978-4-576-12093-5

http://charade.futami.co.jp/

CHARADE BUNKO

スタイリッシュ&スウィートな男たちの恋満載

海野 幸の本

純情ポルノ

お前の小説読みながら、ずっと……お前のことばっかり考えてた

イラスト＝二宮悦巳

二十五歳童貞、ポルノ作家の弘文は、避けていた帰省をした弾みで幼馴染みの柊一に再会。七年前、柊一を諦めるため故郷を離れた弘文。優しい声で「お帰り」と言われて、封じていた想いがあふれ出す。弘文の想いになど気づく気配すらない柊一は、引っ込み思案な弘文を何かにつけて気にかけてくれるのだが…。